青涩的成长味道

致 · 青春

尚
书
房

爸爸 妈妈 的 青春
The lost youth

曾颖 著

江西高校出版社
JIANGXI UNIVERSITIES AND COLLEGES PRESS

图书在版编目(CIP)数据

爸爸妈妈的青春 / 曾颖著 . —南昌 :江西高校出版社,2015.2
(2017.5 重印)

ISBN 978-7-5493-2988-5

Ⅰ . ①爸…　Ⅱ . ①曾…　Ⅲ . ①青春期 – 家庭教育 – 文集
Ⅳ . ① G78–53

中国版本图书馆 CIP 数据核字(2014)第 298438 号

出 版 发 行	江西高校出版社	
社　　　　址	江西省南昌市洪都北大道96号	
邮 政 编 码	330046	
编 辑 电 话	(0791)88170528	
销 售 电 话	(0791)88170198	
网　　　　址	www.juacp.com	
印　　　　刷	北京一鑫印务有限公司	
照　　　　排	麒麟传媒	
经　　　　销	各地新华书店	
开　　　　本	710mm×1000mm　1/16	
印　　　　张	17.5	
字　　　　数	145 千字	
版　　　　次	2015 年 2 月第 1 版	
	2017 年 5 月第 3 次印刷	
书　　　　号	ISBN 978-7-5493-2988-5	
定　　　　价	35.00 元	

赣版权登字 –07-2014-689

卷首语

所有的青春没什么不同

每一代的轨迹其实都有相似之处

只是站在岁月的两端

我们觉得不一样了

那是因为我们观察的角度变了

当我们是孩子时，不理解爸爸妈妈

而当我们是爸爸妈妈时，不理解孩子

其实，爸爸妈妈的青春，和孩子的没什么不一样

目　录

那一年，我们去唱对台戏 //1

一无所有 //8

笔　友 //16

无聊游戏 //23

1983 年那次不成功的流浪 //30

妈妈为什么恨外公？ //37

手抄本 //44

垃圾桶行动 //52

窃书记 //60

成长就是离开 //67

险些就当了强奸犯 //76

人生的第一笔生意 //84

初吻与爱情无关 //91

和妈妈的谍战 //100

刀尖指向父亲的胸膛 //109

与衣服较劲的那些日子 //117

致命的"友谊"//124

大人不在家 //131

一次对公平的失败追求 //137

武林盟主争霸战 //145

初恋那件"坏"事 //152

向往"坏"女人 //159

青春的别名叫恶作剧 //165

一夜之间输掉的未来 //172

731 事件 //179

约几个伙伴去天堂 //186

改了十次名字的青春 //193

以诗歌之名的旅行 //200

我曾是个如假包换的混蛋 //207

嫉妒的力量 //215

那一场铺天盖地的恐惧 //222

永远的邂逅 //230

《神雕侠侣》是我写的 //237

叫起立偏要趴下 //244

感谢与我不共戴天的仇人 //252

滥竽充数的乐手 //260

那一年，我们去唱对台戏

事过多年，我仍然记得大街上那片经久不息的掌声和口哨声。

那是 1985 年，我 15 岁，县里像电视里一样搞起了歌咏比赛。比赛形式有点像如今的选秀，先要海选，那时叫初试，然后是复赛，最后是决赛。那阵势，像过节一般热闹。比起全封闭的文艺调演和晚会来说，这种半开放的选拔，也算是为跃跃欲试的年轻人开了一个口子。

当时唱歌的主流，是美声和民族唱法，通常是把话筒立在面前，男的穿中山装，女的穿大红裙，手捧胸口，唱得字正腔圆。而流行歌曲，也就是当时所称的通俗唱法，还不被当成一回事。虽然听邓丽君的歌已不再会被派出所抓了，但拿着话筒边扭边唱，还是被看成不正经的行为。此前几年，有位海军歌手因为唱《军港之夜》，差点被打成反革命，罪名有两个：一个是歌词里有"让我的水兵好好睡觉"，说是消磨革命斗争意志，士兵得睁眼警惕，而不是睡觉；另一个罪名便是拿着话筒唱歌，像歌女。

　　儿子，之所以不厌其烦地给你交代这个背景，是想让你明白，爸爸参加的人生第一场选秀，是在什么样的氛围下进行的。

　　就像所有十五六岁的年轻人一样，那时的我和同学们，都向往新鲜而活泼的东西，而唱歌跳舞，无疑是最具这两种特色的东西。这一点，与你们青春岁月的喜好，没有什么差异。当时的我们，为了寻找到一首新歌，可谓费尽了心思，或在更深夜静时偷听港台电台，或用录音机到电影院录新歌，或跑到省城去买翻录带，或用粗糙的数据线接到电视上录嘈杂的歌曲。总之，那时的我们就像喜爱新衣服一样喜欢新歌，而且将"新"作为衡量一首歌的唯一标准，羡慕别人唱没听过的歌曲，鄙视别人唱已经老旧的歌曲。

　　但歌咏比赛的评委爷爷奶奶们却不这么认为。初赛那天，我们全班报名的14个人，有12个被刷了下来，大多数只唱了两三句就

被叫停了。最惨的一位同学，上去一亮相，还没张嘴，就被吆喝下来了，因为他自以为很酷地把衬衣下角绑在肚子上，让台下的评委们很看不顺眼。总之，我们那天被这群自幼唱川戏的文艺老骨干们叫停的理由不是台风不正就是嗓子不亮，要么就是歌曲的价值取向有问题——中学生娃娃，怎么可以唱爱情歌曲？对爸爸妈妈的爱也不行！

这哪是唱歌比赛啊？简直就是一场必须政治正确的宣传活动嘛！

所有评价标准，与唱歌都没有必要的关系。

爸爸和同学们原本像一群志在必得的苍蝇，正自以为可以以自己会唱的新歌和别人压根就不会的迪斯科风光一把时，不想被横空伸出的苍蝇拍拍得满地找牙。顿时，所有失落变成了义愤，感觉受到了极大的不公平待遇，于是决定要做点什么，来表达我们的不满，并证明我们的存在。

同学中有人会弹吉他。通过弹吉他，又认识了会别的乐器的小哥们，他们同样也在歌咏比赛初赛和复赛中全数落马。拿话筒都不被允许，何况背着吉他边弹边唱，这是什么样的场面？

很快，一支汇聚了吉他、小提琴、电子琴和鼓的乐队凑成了。经过几天偷偷的排练，居然合练成了好几首曲子。一位赵姓同学的爸爸是单位工会的主席，在听完我们演奏之后，答应把大功率音箱和架子鼓借给我们。当然，他不知道我们是要去和县里的歌咏比赛打擂台，否则的话，他老人家拼了命也不会借的。

歌咏比赛晚会在剧场如期举行。我们决定把我们的舞台，放到剧场正对的街面上。为了与剧场里那些穿中山装大红裙的选手们不一样，我们都搞了"惊世骇俗"的造型。有人故意把衬衣撕掉袖子；有人用黑色和红色的颜料，在衣服上拍出手印；有人把袜子剪掉底，像绑腿一样套在裤子外面；有人把裤腿剪掉一截，用针掇成帽子，戴在头上。

我们以怎么样奇怪就怎么样整的心态把自己包装得与别人不一样，以表明对他们的不服气。孩子，你现在也许能明白，为什么当你试图穿一件印着奇异图案的T恤引起我的惊异时，我只是笑笑。因为你玩的，我们都玩过；你想表达什么，我懂。

当剧场里的音乐响起时，我们这支穿着奇装异服的怪异乐队，也开始奏响了乐曲。街边杂货店的老爷爷为我们提供了电源，路边维持秩序的警察只当我们是耍杂技卖艺的，也没怎么敏感地驱散我们。

当时的场景很嗨。我们从最初的手脚哆嗦，到弹出第一个音符，简直如从悬崖边往下跳似的鼓足了勇气，不容后悔。我们以电影《阿西们的街》的主题曲开场，唱着一段连日本人都听不懂的日语。这是大家按着录音机，用汉字注下音标学来的，叽里呱啦，胡喊鬼叫，但感觉却洋气而新鲜，很快就吸引了一大帮年轻人，而且圈子越扯越大，人越来越多。剧场里也陆续有人出来，加入到我们的观众中，我们唱对台戏捣乱的目的，初步达到了。

看到演唱有了效果，大家更来了精神，把当时市面上刚流行起来的歌曲，都搬出来唱。什么《少年犯》《迟到》《秋蝉》《拜访春天》

《小秘密》……

起初我们还是按排练的乐曲按部就班地唱，后来，就开始接受点唱，甚至人群中有人开始跳出来唱。那一刻我们发现，在小县城平静的各个角落，其实隐藏了很多和我们一样，渴望唱新歌，渴望过与以往完全不一样生活的人。我们自以为新潮的许多新歌，大家都会唱。每一曲都是以独唱开始，最终却以合唱结束。那种体验，你也许没有体会过，大家像荒地中焦渴的苗，期待着一场喜雨来临似的面朝苍天，眼含热泪。那是一个诗与诗人还没被嘲弄的时代，那也是一个歌曲没有变成纯商品的时代。那是一个心里有明确盼望的时代，那也是一个简陋但真实的时代。

那天的演唱，成为我这辈子最幸福的歌唱。虽然，我们的歌声、乐器和技术都那么粗糙，但我们第一次用一种破茧成蝶的勇气，向世人证明了我们的存在。那一年，我15岁，和你一样大，报纸和广播正为70后孩子们的种种不堪忧心忡忡，就像现在各种媒体批判90后一样。但我们用稚拙的声音，表达了我们的存在。

多年后，那晚参与演出的哥们大多都离开了老家，循着各自的理想，有人去了电视台做主持，有人去当了电视导演，有人去写歌并出了专辑，有人当了编辑记者。就连那少许没离开家乡的人，也渐成为当地文娱泰斗，坐在当年那些爷爷奶奶们的评委位置上，指点江山。但愿他们不再逼出一场对台戏，不再让充满委屈的孩子，借一场不正规的音乐会，来倾诉对世界的愤懑与不平……

这就是爸爸青春期最难忘的事。那晚激动得有些跑调的音乐，每每于更深夜静时，悠然萦绕在我的梦中，成为我青春记忆中抹不去的注脚。

故事提供者：郑宇（媒体人）

讲 述 背 景：儿子即将参加一次歌唱选秀，妻怕影响学习，不同意，母子处于赌气之中。父亲暗暗支持他，并给他们讲出这段故事。

一无所有

　　1986 年 8 月 9 日，也就是崔健在北京工人体育馆第一次唱《一无所有》之后的两个月，我从同学家的卡式录音机里听到这首歌曲，并深深地被它迷住。尽管录音带已被翻录了 N 次，信号很弱且杂音很重，但那昂扬的音乐和近乎绝望的嘶吼，仍令我们热血偾张，特别是那歌名和歌词，简直就是我们心中最痛且最想表达的东西——一无所有，那是我们这代人的青春写照。那一年，我 16 岁，感觉自己除了"一无所有"，还是"一无所有"。

　　如果你不明白那种从精神到物质都一穷二白的状态，你就永远不会明白我们这代人为什么会热爱那首在你们听来已有些嘈杂和刺耳的歌曲。这就如同我们不太明白你们为什么迷恋那些分不清是男还是女的偶像们不知是牙疼还是胃痛的哼唱。这就如同隔着玻璃的两个世界，景观、温度、湿度、味道和气场已完全不一样，因而，感受也就完全不一样。

　　说说那个时候我们的穷吧！

　　相比于父辈，我们是幸运的，至少可以吃饱饭了。父母每个月加起来不到一百元的工资，也仅吃得饱饭而已。那时大学毕业生月工资 54 元，已是令人羡慕的"高薪"了。

　　但人的需求与愿望，远不只吃饱饭那么简单。比如十六七岁的年轻人，渴望买几本书，看几场电影，跳几支舞，或翻录几盘流行歌曲。十六七岁还有一颗具有疯狂消化能力的胃，和一张渴望用漂亮衣服装点一下的脸面。这些需求，已超越了吃饱饭的境界，也就变得奢侈起来。

那时的连环画通常是两三毛钱一本，杂志三四毛，我们最喜爱的《武林》，也只要两三毛钱。当然，那时的"毛"，与如今的"元"，价值也是只高不低，我们经常被这小小的"毛"逼得抓狂。

为了能经常看到新鲜的书，之前的几年，我们就想出办法，把几个同学的书集中起来，用篮子装了，拿到茶馆去租给茶客们看，厚的两分，薄的一分，每天居然可以赚到几毛钱。但这个业务，随着年纪增长，也怕被老师和班上的女生看到，慢慢就没做了。几年的时间里，图书的价格也渐渐突破了"元"，而这时节，我们对小人书也不再感兴趣了。

接下来的兴趣是看电影。我们所在的重庆九龙坡区黄桷坪，当时有三家电影院，它们分别是电厂电影院、美院电影院和九龙坡铁路电影院。因为三家电影院分属不同的系统，放的电影各不相同，如果愿意，几乎每晚都可以看到新片。但悲剧的是，这一年的电影票已涨到八毛钱一张，这个价格，相当于新毕业大学生六十几分之一的工资，不低。对于我们这群一文不名的学生，则简直就是天价了。

但办法总比困难多。老天爷也许可怜我们这样的穷小子，居然让我们找到一条看电影的好渠道——混票。我发现，这三家电影院有一个共同特点，就是门口验票时，检票员只需看一下观众手里的票就放行，而无须撕票或用剪子剪出个记号。这种颇有君子之风的管理方式，为我们这帮穷极了的非君子们大开了一道方便之门。感谢国企，让我们免费看了那么多好电影。

我们免费看电影的方法实在太简单，只需找上几张过期的废电影票，每次开场前到售票口看看本场用什么颜色的票，然后选出这种颜色的票，排在入场队伍里，道貌岸然地往里跨。这种做法的技术难点，就是表情要镇静，不能像怀里揣着一只鸡一样地瞎扑腾，也不能把检票的大婶当暗恋对象，一看对方就脸红，这样很容易穿帮。但即便穿帮也没啥，不外乎被喊出去补票，扫一扫脸面。咱那时穷，没脸面。

凭这招，我们在黄桷坪混了上百场电影，有时甚至带上胆大的女生一起去。最惊险的一次，是有一天中午去看一部不知名的国产片，那天票房奇惨，整个放映大厅里只有四个人。我知道其中三个是我的"同类"，均没买票，整场电影看得很不轻松，心里就像猫抓着一般，从头到尾都担心放映员和守门的反应过来。

　　我们到舞场跳舞，基本也是沿用这一招。那时候跳舞，没有舞厅，跳舞的人也不像现在，以退休老人为主。通常是一个坝子，配上两盏宇宙灯，三五人凑成一乐队，就开始收门票，一元五一张。那时，跳舞是很新鲜很潮的一件事，舞场也是青年男女认识并相爱的地方。我们这代，很多人的爱情故事都与之有关。

　　一元五对我们是什么概念？那可是学校食堂里五份回锅肉的价钱！但这也难不住有过混了上百场电影经历的我。当然，守舞场的人没那么笨，不像电影院那样不撕票，因此，揣旧票这招行不通了。但我很快发现了一个窍门———个乐队的吉他手，与我七弯八拐沾点亲，于是我就去套近乎，每晚就像小跟班似的帮他拎着吉他箱，一副工作人员的样子，堂而皇之地跟了进去。后来，别的哥们想加入，拎箱子变成抬箱子，最壮观的时候，曾出现过四个人抬一个小吉他箱的豪华场景，其滑稽程度，至今想来都觉得好笑。

　　类似的丢人事情，我还干过很多。为了省八毛钱的磁带翻录费，天天没事找事跑到有双卡录音机的邻居叔叔家，伪装喜欢小娃娃，去逗娃娃，顺便让叔叔帮忙翻录磁带。为了送一位心仪的女同学生日礼物，我愣是憋足了劲，一星期不吃午饭，买下一本漂亮的影集，写上"友谊永存"送去。有一段时间，疯狂迷恋霹雳舞，为了找到一个合适的场地，我们跑到旱冰场去练习。旱冰场老板说，每个人必须买一瓶汽水，但我们八个壮小伙，居然愣没凑出一元六毛钱。

这些也许能够让你理解，为什么我们听到"一无所有"，血就像凝固了。那首歌，如一把锋利的钢刀，正好扎在让我们最痛的穴位上。因此，和着老崔那悲怆的声音，我们从内心发出慨叹：我们一无所有，这样的日子，什么时候是个头？青春期莫名的躁动，配以物质短缺的感伤，让我们随时随地处于一种激愤又悲凉的状态。

那时，我们还爱唱另一首歌，歌名叫《会有那么一天》，歌词是这样的：今天我们没有财富，至少可以互相拥有；今天我们没有遥远的承诺，可是你我，都已知道，会有那么一天，会有那么一天，不用再一个人孤孤单单地回家……

当然，唱这歌本身也只是一种奢望、想象而已，一无所有的我们，连想象本身都没有，没有谁会与"一无所有"的我们"互相拥有"。

之所以说这么多不堪的往事，并不是要忆苦思甜。现在想来，我们那时的"苦"，也许并不如我们当年感受的那么苦；而你们如今的"甜"，也并非如我们想象的那样甜。相比于你们有网络有电脑，有好音响好影碟好书和豪华的教室，我们的 16 岁，确实一穷二白，乏善可陈。但是，也正因为我们那时的"一无所有"，才让我们在心中暗下决心，让你们"什么都有"。只有一个布娃娃的妈妈，给女儿买一屋子布娃娃；穿自制牛仔裤的爸爸，让孩子有满满一柜子的名牌牛仔裤；没有零食的父辈，总担心孩子吃不够而不惜将孩子喂成小胖墩儿；没怎么玩过游戏的叔伯，总是把最新款的游戏机送给孩子们……

　　这已是70后这一代人的一种心病，因为自己青春期的"一无所有"，而报复性地将这些东西送给孩子，同时，也将自己年轻时没有得到的东西，强制地施加到孩子身上，比如，我和你妈妈将考上大学的愿望都寄托到你身上，而且看得很重！

　　细想一下，我们那时的"一无所有"，是不是真的"一无所有"呢？那黄昏时无拘束的捉迷藏，那不被父母捉拿的舞会，那得之不易而一气读完的课外书，那一场又一场令人血热的电影……这也正是你偶尔从成堆的卷子里抬起疲惫的眼神羡慕我的原因——你有游戏机，但没有时间玩；你有上千张碟，却没有心境看；你有满屋的布偶，但你从来没爱过其中的一个；你有得之太易的新衣服，但从来没从中得到过喜悦……

　　我不知道，这与我们那"一无所有"的青春相比，是幸运还是不幸。我有时甚至恍惚，不知道哪一种状态的"一无所有"，才是真的"一无所有"。

故事提供者：袁贵平 (生意人)

讲 述 背 景：某天晚饭后，16 岁的女儿突然问："爸爸，你在我这么大的时候最喜欢什么歌曲？那时的你，是开心还是不开心？"

笔　友

交笔友是网络出现之前人与人之间的一种联络和交际方式，通常是以杂志和报纸为媒介，展示一下自己的文笔或才艺，以及通信地址。然后就有人通过地址写信来，经过一段时间的书信往来，互相就寄照片甚至见面。这与QQ或交友网站的原理是一样的，只是速度更慢、效率更低而已。但这在当时，已经是最先进最时尚的交际方式了，它为我们的青春岁月，引入了一股新鲜的细流，使我们能跳出自己生活的框框去看自己。有的人的命运，由此发生根本变化，并影响着另一些人的命运跟着发生改变。

1987年，我18岁，像所有青春期的女孩子一样，对未来充满了各种花花绿绿的想象。但现实却很折磨人，高考成绩如一把沉重的榔头，击碎了我的一切梦想，我不得不从县城回到深山里的家。作为一个"三线"企业职工的子女，我通过考试离开山沟的愿望落空了。

回到以红砖建筑为主体的灰暗世界，我的心情沮丧到了极点。这个以数字为厂名的神秘单位已褪掉了往日的辉煌与荣耀。我们曾经引以为傲的电影院、澡堂和灯光球场，在与县城短暂交锋之后，颓然败下阵来。我生长的这片厂区，如同一艘行将沉没的船，人们正在用各自能想出的办法逃离。有关系的，托关系调动回了大城市；有勇气的，仗着本事和豪气，自谋生路了。那种人人思走的氛围，给没有能力离开的人们施加着无形的压力。

我的父亲是单位少有的不想离开的人，原因是在北京他没有什么可以留恋的人了。他是单位里为数不多的娶了本地女人的人，对生活了20多年的山区有了感情，这里有他的妻子儿女，有不算太逼仄的房子，有清亮的水和干净的空气，还有一些可以和他种菜喝酒的当地朋友。他对急巴巴地想离开的人们，不仅不理解，甚至还有一些敌意。而对周边环境越来越不满意的我，就成了他潜在的敌人。

在我们之间，走与留，现实的愉悦或不满，就成了常争不懈的话题。几十年之后，我才明白，这种争论，其实是两代人相隔十几年人生阅历差异的必然结果，谁的答案都有其理由，但又不足以彻底说服对方。但可惜的是，当年的我并不懂这个道理。

于是，总以为独家掌握了真理的父女俩，每时每处都针锋相对。父亲觉得女儿不安分；女儿觉得父亲老迈，不求上进。双方都觉得对方不可理喻，而这些小纠纷，又是不足与身边朋友说道的。在这个熟人社会里，大家更愿意给别人家庭和谐的印象。

对现实充满无望与无力感的我只好将眼光投向了外面的世界，而所用的介质，就是在县城里读书时积下的一叠杂志，那上面有不少情感问答之类的栏目，我决定把自己的苦闷向它倾诉。

我用整整一晚的时间把我对现实的困惑写了出来：山区的寂寥与落寞，人们义无反顾的离去，父亲不可理喻的顽固，山区少女物质、精神双重匮乏下的绝望，都一一写了出来，装进信封，发往当年销量最大的一家青年刊物。

杳无音信的三个月之后，在我以为信已石沉大海并已淡忘了它的时候，奇迹发生了，负责收发的王叔叔给我送来厚厚一沓信。这只是开始，接下来，如井喷一般，我每天可以收到几十甚至上百封信。这样的场景，颇有点像哈利·波特收到魔法学校的通知书，绵绵不绝，让收信人和旁观者惊叹不已，以为发生了什么严重的事情。

这些信，有的是表达与我相同困惑的，有的是对我进行安慰和鼓励的，有的是提出交友的，有的则是表达爱慕的。当然，也有一些广告或寄2元钱出去十天之内就会有幸运事发生的"金锁链"之类的。表现形式则有诗歌、散文、绘画，有人甚至送上了签名的照片或小小的礼物。

面对这突如其来的"明星级"待遇，我有些受宠若惊。搞了半天才知道，是三个月前那封信发表了。这家百万发行量级的刊物，其影响力简直太可怕了。我辗转买来那杂志，翻了很多遍，才在一个角落里发现了我那封删头去尾但保留了通信地址的信。短短的几行字里，表现的是一个孤居山区的少女寂寞而渴望交往的心情，无怪乎会收到那么多信。

最初几天的信，我是怀着好奇心和喜悦感认真阅读并回复的。再过几天，则开始变得平淡甚至麻木，回信也变得有选择性了。对于我来说，无论两毛钱的邮票还是回信的精力，终究还是有限的。

这种热闹的场景维持了一个月左右，直至下一期刊物出版，新的笔友信息又出来以后。就像大潮退去，沙滩上顿时安静下来，只剩下星星点点的小贝壳一样，我的生活也渐渐平静下来，并留下几个可以长期通信互诉衷肠的朋友。

这些朋友中，有来自云南的，时常为我送来各种民族风情的信息；有来自四川的，为我带来川西高原阳光与草场的气息；有来自东北的，为我传来夹着寒意的山林风声；有来自上海的，为我捎来都市的繁华与诱惑……

而最让我印象深刻的，是来自厦门的一位笔友。每次来信中，他都会用写着诗的纸包着一个小贝壳，小贝壳里包着一张小小的照片碎片。我最初并不懂得里面有什么玄机，只是很享受这轻易就能感觉出的细致营造出的诗意与浪漫气息。这对于一个十七八岁，未见过大世面但内心充满各种绚丽想象的女孩来说，是颇具杀伤力的。直至某一天，无意中把他寄来的贝壳放在一起，所有照片残片集中在一起，竟可以拼出一个人形来——那就是他的样子。

他是厦门一所大学的学生，因为偶然的机缘在杂志上看到我写的那段话，他觉得那是一首寂寞而忧伤的诗歌。那时，校园里的年轻人很多都喜爱诗歌，他也不例外。他不仅写诗，还有比写诗更厉害的想象能力。从那段被节选的文字中，他想象出我是一个幽囚于山林中，与世隔绝的美丽少女，充满饥渴的眼睛正在期待着外面世界的风景。于是，他不断地给我寄来厦门的明信片，或亲手绘制的简笔风景画，还有从海滩上捡回的小贝壳，用自己的诗包着。这样的信，总能让人感到愉悦，并对寄信人充满了好奇和想象。

照片拼好之后，我看到了他。老实说，他的样子并不帅，黑黑的皮肤，浓而黑的眉毛，小小的眼睛，尖尖的下巴，厚厚的嘴唇，因消瘦而凸起的脸颊上架着一副琥珀色的眼镜。如果说，这张照片是在来信高峰期时突然出现，我们的交往肯定不会开始。而通过化整为零、循序渐进的方式，在不断的交流和沟通中，慢慢熟悉，则容易接受得多。不得不承认，他这招挺管用，在经过很长一段时间的铺垫之后，我被他的内心世界吸引，对他的外表，就不再有排斥的感觉了。

之后，我给他寄了照片，没有"见光死"。再后来，信的内容开始升温，我们彼此视对方为恋人，并相约等他毕业后一起去广东打工。一年后，他去了东莞，并很快成为技术员。领技术员工资的第一个月，他把工资寄过来，并写了一封长达十几页的"去东莞攻略"，在哪里坐火车，在哪里转汽车，在哪里转公交车，在哪里……就可以看到手捧鲜花面带笑容的他……

那是我们最后一次写信，之后就一直在一起，再以后，就有了你。孩子，记住哦，你来到这个世界，都是因为那些信——你，我，他，我们的命运，因那些信而改变。

故事提供者：包敏（销售经理）

讲述背景：看到女儿通过交友网站与网友聊天，有感而发。

无聊游戏

　　每个人年轻时都或多或少地干过一些蠢事，而我干过最蠢的一件事，莫过于大二时与同学打的一场赌。那天晚上，险些酿成死伤三人的恶性事件。

　　就像许多人的大学生活那样，我的校园生活，既漫长，又无奈。最深的体会和感受，就是无聊——那种牙痒得想咬人的无聊与寂寞是难以排解的。那时没有网吧没有 K 歌厅没有各色的娱乐方式，可供挑选和期待的娱乐无非是俱乐部喝茶看电视，或周末集体舞会，还有就是校园后门那家小饭馆唯独的两种酒和四种炒菜，和学校礼堂有一搭没一搭的电影。通常，如果没有女生相邀，图书馆是不会去的；而寝室里时不时掀起的围棋热扑克热麻将热等，都最终落到了必须挂弦下赌注的境界，这对智力和财力都不自信的我来说，都是颇有难度、需要敬而远之的项目。因此，我的寂寞与无聊，比之于其他的同窗，还更胜一筹。

人在无聊的时候，总会干出些无聊的事情来，而这其中，又以打赌最为刺激。就像"真心话大冒险"中的大冒险，大家想出一些超出生活常规的把戏，来相互检验勇气与耐性。看客们也从中得到几分无事生非的快感，以消磨那慢得像瘸腿大象走路的时光。

在我几年的大学生活里，见过的这类游戏有：文学系某寝室六个男生跑到六楼往下扔手表，看谁的最耐摔，结果全军覆没；物理系三个男生戴着假发画着口红，胸里别着两个馒头，扮女生混进女生大院，被火眼金睛的舍监大妈薅住扭送保卫科；计算机系俩哥们比赛谁口里含墨水时间长，一个被送去医院洗胃，一个舌头黑了两星期；还有我们班一个男生赌另一个胃口奇好的女生一小时之内吃掉十包麻辣锅巴，结果女生只用了46分钟就搞定了，还意犹未尽地说还要！

这些看起来惊险听起来刺激想起来无聊，回忆起来却饶有趣味的小冒险，已成为校园记忆中少不了的元素。很多同学在多年后的聚会上再提起时，聊得喜笑颜开的，都是这些无聊的趣事。但这些无聊游戏，其无聊度和刺激性加在一起，也没有我们干下的那一件事更刺激，更无聊。

你一定要问，会不会像电影里那样，躺在火车轨道上等火车来，看看谁后跑？或围着一堆便便，插上鞭炮看谁最后躲开？我承认，这些都够极品，但对于一个大二学生来说，还是稍嫌幼稚了些，而且也不符合国情。我们无聊的壮举，就观赏性而言，比不上以上两件，甚至连《阳光灿烂的日子》中跳烟囱的情节都不如，但论其实际的震撼性与杀伤力，比以上三者都有过之而无不及。

那是一个月末的星期三晚上。有过大学生活经历的人都知道，月末代表贫穷，而周三代表无聊之极。在这前不着村后不着店且口袋里的钱和饭菜票都快见底的日子，内心无以安慰的寂寞如文火般把大家煎熬得难受。由于学校宿舍正在扩建，我们班十几个男生暂时挤住在半间教室改成的临时寝室里，这样的格局，使无聊的指数和震撼事件发生的几率大大增加了。

不知是谁说饿了，于是有人附和，并以各种夸张的语调，描述自己的饥饿程度。大家想吃这想吃那的都有，我也忍不住加入进去，大吼："我这阵饿得能吃下一头牛！"

这句话一出口，正值话与话之间交接的间隙，大家顿时安静下来，反应片刻之后，就和牛杠上了。班上著名的抬杠大王老撬更是激动万分，恨不能马上翻墙出去搬头牛来让我现场吃吃，胀得胃破肠断眼冒青烟出够洋相之后，承认自己说大话。

和一句原本一听就是夸张的话较真，可见当时的场景是多么无聊。而老撬身后几个跃跃欲试的哥们，则更是磨拳擦掌，激动万分，仿佛抓到一个欺世大骗子，要让我立马现出原形来。

当时的我也无聊到了极点，其后的表现便是证明。我居然和老撬他们鸡生蛋蛋生鸡地开始辩论起来。他们的目标，是要证明我的肚子装不下一头牛；而我的目标，是要证明我的胃口确实异于常人，能吃一头牛是打个比方，比方你们不能不懂吧？

有句话说："你不可能叫醒装睡的人。"这句话用在老撬及其同伙身上，是再合适不过的了。他好像终于找到了在这个无聊的夜晚消遣的项目，就是令我承认说大话，并满脸尴尬地丢刀认输。我当然不给他这个机会，于是也渐从最初的游戏腔转而有些较真，而往往这种事情，谁较真谁急，谁急谁输！

眼见着看热闹的越来越多，而老撬等人拖着尾音紧追不舍，我有些焦虑和失态，一拍桌子耍起横来，说："扯这么多干什么？有种我们出去吃，我一个人踩你俩不成问题！"

这句慌不择言的话，居然把他们引向了我刚才一直想引却没有引的道上来了——他们顿时不执着于一头牛，转而和我斗起食量来。这相当于龟兔赛跑的场地由山坡转到了河里，形势立即急转直下地有利于一直被动的乌龟。此时，我就是那只转危为安的乌龟，在饭量这方面，我有足够的信心一对二战胜对手。不过，我还有更大的自信：月底的日子，没人拿得出钱来让我们去比拼。这注定会是一场没有子弹的战争，我可以不伤毫毛地全身而退。

但人算不如天算。我显然低估了面前这位抬杠王捍卫自己饭量地位的决心和看热闹者们将热闹进行到底的愿望，有人甚至拿出了

"深藏不露"、不到万不得已不会拿出来的私房钱，起着哄要让我们到校外的通宵小食店里来一场终级 PK，如我嚣张叫板的那样一个对俩。

老撬抓了一个个头大饭量凶的同学作为合作伙伴，要与我展开一场肚量大战。此时，熄灯铃已响过，所有观众和主要演员，以一种久旱逢甘霖的心情，溜出宿舍，穿过操场，翻过围墙，来到校外的饮食店。

那天夜里，我们在两个小时内，吃完了店里原本打算卖到天亮的各种食物。第一轮，蒸饺四笼，他们一人一笼，我两笼；第二轮，包子八个，他们一人两个，我四个；第三轮，面条四碗，格局依旧；第四轮，炒粉四盘，我们各半；第五轮，盐蛋四个；第六轮，粽子四个，均分。这时，老撬的伙伴已有些招架不住，先行退出战斗，而我看到老撬在吃甜食时，已有些为难的表情。虽然当时我也已血脉偾张、虚汗长流，但仍然故作轻松地对老板说：再来四碗汤圆！

老撬勉强吃下一碗汤圆，眼睛里已白多黑少了。虽然不情愿，但最终只能推碗认输。而我此时也大气不敢出，生怕一口气进去，肚子就炸开了。

这天夜里，老撬的伙伴胰腺炎发作，被送往医院抢救。老撬本人，在操场上走了整整一个晚上。而我，比他更惨，被两个同学扶着，一直走到天明。整个事件，最可怜的就是那两个扶我的同学，饿着肚子看别人海吃已经很惨了，还陪我走了个通宵……

　　故事提供者：王志强

　　讲　述　背　景：听女儿讲班上同学无聊，去超市捏人家的方便面，于是回忆起读书时代这段无聊往事。

1983 年那次不成功的流浪

　　1983 年 8 月，正值我初二升初三的暑假，在这段日子里，我经历了人生第一次也是最后一次离家出走。我带着从外公外婆和弟弟妹妹手中诓来的 14 元钱，和同院的申国宝，还有同学王小勇一起，丢掉令我们头大的作业，甩开让我们恐惧的爸爸妈妈，背着自己心爱的小人书和某女同学送的小影集，王小勇还背着他爸当年在山里剿匪缴获的马刀，偷偷离开家。我们这次不太成功的离家出走，就是被马刀那败家玩意给终结的，这当然是后话了。

　　我们三个虽然都是"离家出走"，但性质完全不一样。我的出走，虽然也有迫在眉睫的入学报名与拖延着一直不想做的厚厚一堆作业的逼迫，但我觉得自己的出走，多少也有些理想主义的色彩在里面。那时爱听的歌曲里，把远方和流浪描绘得异常鲜美，"不要问我从哪里来，我的故乡在远方，为什么流浪，流浪远方""随着白云去流浪，要去走四方，我像那孤雁难寻避风的海港""我要带你到处去飞翔，走遍世界各地去观赏"……伴以年少懵懂蠢蠢欲动的想象，我相信，在夕阳那边，有我所不知道的一个美好世界，有沙滩、小木屋、椰树、夕阳……即便没有这些，至少没有做不完的作业和拉长了脸的老师，以及用鸡毛掸子与我们对话的父母。这些，已是非常诱惑人的理由了。

申国宝的出走理由与我不一样，他有四个姐姐，父母为了生他，可谓是费尽了周折，因此，他在家中享受着霸王级的待遇。但这个不知好歹的家伙丧尽天良想出走，有一半是受了我

那些关于流浪的歌曲影响；另一半，更不可理喻，他是想看看，这个以他为中心的七口之家，在他突然消失之后，会出现什么样热闹的景象。

王小勇的出走理由很常规。他爸是转业军人，是我们本地一家"中央企业"的书记，家庭条件颇好。唯一的缺陷是他爸性情太暴躁，且是一个"黄荆条子出好人"的信奉者，坚决认定孩子三天不打就会上房揭瓦。于是，无论大错小错，都是一顿老拳。这使得王小勇常怀不平之心，认为在他与父亲这种重量级不对等的拳击赛中，取胜的唯一机会便是上山找个武林高手，最好是到少林寺或武当山学得一技之长，至少能在与父亲的对峙中，以技巧之长补身板之拙，使自己脱离父亲想什么时候打就什么时候打，想打哪就打哪的弱势地位。他的离家理由是上山学武功，学成后回家找父亲报仇。

我们虽然理由不同，但目标一致，为了一个共同的目标走到一起，并密谋好了出行的日期和路线：先坐火车到成都，然后再伺机转车去河南，去少林寺看看能不能找个师傅——这几乎成为我们那个时代所有半大小子离家出走的理由。一年前那部风靡世界的电影，成了很多少年的离家指南。我虽然对学武功没有特别迫切的愿望，但看他二位神情激昂的样子，心想反正没有去过，去看看也无妨，兴许河南真有海风椰树沙滩呢！

我们到达成都时，天已黑了。在成都火车北站享受了片刻的自由，每个人左右开弓吃下五六个大头菜夹锅盔之后，我们乘着夜色爬上一辆拉菜的车。之所以选它，是因为车有帆布篷，可以遮雨——一场突如其来的雨，差点将我们的行程完全浇乱。申国宝嘴唇哆嗦着想回家，王小勇很鄙视他，我则倾向于先找个地方躲雨。三方意见一综合，于是就上了那辆拉菜车。接下来两天的噩梦，由此开始。

在叮叮咚咚的雨声中不知走了多久，车停了，雨篷被拉开，原先想好车一停就跳车跑的计划，瞬间化为泡影。待我们反应过来准备跑时，几支乌黑的枪筒直指我们的头：不许动！

本来，我们说是离家出走的学生，应该可以混得过去的，无奈当时正是刚刚开始的"严打"时期，而该死的王小勇又带着那把该死的马刀，这让我们想说自己是啥正经人都不可能了。几个公安人员和民兵将我们拎下车，用绳子拴住，拉到路旁一间小屋子里。蹲在墙角一段时间后，绳子上又拴了几个年纪比我们大的人，据说都和我们一样，身上背着家伙呢。

之后，我们像一串绳子拴着的虫子，被牵上一辆挂着篷布的货车。押送我们的人都穿着雨衣、横端着枪，这让我莫名地想起电影里那些处决革命烈士的场景。中国宝似乎也有这样的感觉，一脸哭相地看着我；倒是王小勇，毕竟是军人之后，脸上倒有几分凛然的神色。

过了很久很久，我们被拉到一处仓库样的地方，同车的另一个年轻人小声说："这里不是看守所。"看来，他好像还蛮有些经验。再仔细看看他身后，几个长相颇为反派的人虽然也低着头，但他们头上的刀疤或眼中暗含的凶气，是我们所不具备的。

负责接管的一位老公安似乎也看出我们与他们的不同，问押送的人："把这几个鬼豆子（川话，调皮小孩）带来干啥？"押送者说："在菜车上检查时抓的，随身带着军用马刀，可能是流窜的小贼儿子。"

事后多年我才知道，当晚我面对的，就是被称为"严打"的一次大型治安肃整，很多危害社会治安的团伙和犯罪分子受到拉网式的追击，并被"从重从快"地处理了。

那位老公安似乎更相信自己的直觉，再一次询问了我们的情况。我们三个哪还敢有半点的保留，竹筒倒豆子，战战兢兢地说出我们想去少林寺的想法，把他笑得气都喘不过来了，说："瓜娃子，方向都整反了，这里是灌县，少林寺没有，青城派倒有一个！"

当晚他就要帮我们打电话联系家里，当时区域之间通话还需要

113长途转接，非常麻烦，加之正处在严打期间，电话也特别繁忙，他本人也时不时要出去接收新的被扣者，因此时不时又把我们的事搁置在一旁。我们像三只流浪的小狗，浑身精湿地蹲在水泥地上，时不时地被旁边的人推一掌或踢一脚。这在我的一生中，都留下了深刻的记忆。从那以后，我头脑中的所谓流浪，所谓离家出走，就是一身精湿坐在水泥地上受人推打，什么阳光沙滩海浪仙人掌，都是骗人的。

那天夜里，三个少年离家出走的梦想被现实砸得粉碎。在阴冷的风中，我们身边传来一声声对前途充满恐惧的叹息声。虽然我们知道自己没干什么坏事情，但莫名其妙的恐惧感仍让我们忍不住浑身颤抖。

在之后的两天时间里，我们看到了这辈子从没有看到过的那么多罪犯：有杀了人还满不在乎想吃回锅肉的；有轮奸了同村女孩以为还可以回家收稻子的；有卖假药的骗子和翻拍香港买回来的裸体扑克的，还有在家里办舞会的，最倒霉的是有个谈恋爱和女友非法同居，被举报抓了现行的……

我们被关在值班室里，算是区别对待，但门外彻夜的叹息和小声的嘀咕，却令人惊心。

两天后，老公安在百忙之中终于用百忙的电话打通了王大勇爸爸办公室的电话，而他百忙的爸爸恰好在找寻我们的间隙中接到了电话，于是找了辆敞篷吉普，把我们三个接回了家。王大勇的爸爸在现场痛揍了他一顿。中国宝回家当晚家里很平静，但第二天一大早被堵在床上，吃了这辈子最赤裸最惨痛的一顿打。我也一直绷着神经，等待父母对我来一次狂风骤雨般的惩罚。但我等来的，除了母亲幽怨的眼神之外，便什么也没有了。多年后，母亲才悄悄告诉我：之所以不打你，主要是怕你再跑。其实她不知道，经此一折腾，我从此再没有要远行流浪的愿望。

故事提供者：胡学敏（录音师）

讲述背景：偶然与儿子一起听到《岁月神偷》插曲，其中有句"起风的日子挑灯流浪"，儿子心向往之，于是就讲了这段故事。儿子听后笑笑，说："不要老是翻老皇历，也不要用一次失败的出走，去消灭所有远行的梦想。不过，老爸你放心，我远行的方式也许有一千种，但没有一种会是不告而别的离家出走。"

妈妈为什么恨外公？

1987年是我人生的最低谷。那一年，我高考落榜。虽然当时高考落榜的是多数，报考公务员也只需高中文凭，但不能继续读书，终归还是一件令人遗憾的事情。特别是一个平时成绩还不如我的小姐妹居然考上了大学，她妈妈逢人便发糖的欢乐深深戳伤了我的父母。那段时间，父亲看我的眼神，让我感觉自己就像一堆放过期的臭肉。

应该承认，高考失利对父母的打击远胜于我。因为这个原因，在讨论是否复读重考的时候，我毅然决然地选择不再复读，我不想将痛苦拉得如同泡泡糖一样绵长无尽期。父母在摇头叹息完之后，将希望和注意力都转到了即将读高一的妹妹身上。我的哭丧表情和悲催情绪，也瞬间找到了下家，毫无保留地转移到妹妹脸上。

对于未来，我心中已暗暗地画下一个蓝图，我准备像堂姐那样去报考公务员。她前两年考上检察院，穿上那套深蓝色制服，显得既英武又帅气。她一面工作一面自考，已经及格四科了，很快就能拿到大学文凭。而在等待考公务员的这段时间，我完全可以找个临时工干干，打发穷极无聊的时光。我的这些打算，当然不会对父母说，因为我知道，以他们对我已降到最低的评价，实在难以给出一个有建设性的肯定意见，就像最严厉的艺术评论家面对自己最讨厌的画家那样。

我通过同学的父亲找到一份银行临时工的工作。那时的银行正处于疯狂拓展阶段，每条街上都势不两立地挺立起各家银行的储蓄所。这些小庙一样的储蓄所通常两到三个人一间，以极其低廉的工资和渺茫得近于无的"转正机会"招徕像我这样刚出校门的年轻女孩子。

父母对我的选择尽管不屑，但也没有多少言语。我不知道这究竟意味着一种哀莫大于心死的沉默，还是从此走入淡然平和。我只知道，没有无微不至无所不管的关心，我感到万分的轻松与自在。

但我不知道，这一切都只是暂时的。让一对历来对孩子指手画脚惯了的父母从此对孩子淡然处之，比让一列巨型火车不滑行就停下来更难。他们对我的隐忍和短暂放任，其实是在等待我犯错，并用这个所谓的错作为依据，否定我的选择，并证明我自己想走的人生道路是多么荒唐，进而让我对他们当初的一切干涉抱以顿悟和感激。这个道理，直到多年后我自己当了妈妈，才恍然明白。

他们要等的所谓机会很快就来了。

当时的银行，是年轻人聚集的地方，单位为了增强凝聚力和员工归属感，经常搞些联谊活动。最简单实惠的，就是办舞会。一台录音机、两个外接音箱，再加一盏球形宇宙灯和星星灯，就可以一劳永逸且不花分文地把活动搞起来。当时的舞会，并不像现在只有老头老太太参加，而是青年男女们的最爱，是陌生男女们不多的认识与交流机会。我们这一代很多人的爱情故事，都是从一场舞会开始的。

要办舞会，先得扫舞盲，就是把身边不会跳舞的人们挨个教会。那时的交谊舞就是三步四步，后来为了让舞盲们易学，甚至简化成两步，也就是踏着音乐节奏走路而已。还有一种快节奏的舞，类似于后来的迪斯科，但是要严格地按步法走，以整齐为看点，叫十六步舞。当然，也有年轻人跳登山步或抽筋舞，但通常会被当成不正经的街娃。

　　跳舞是那个时代男孩子和女孩子牵手或搂抱唯一的合适借口。青涩的年轻人们左手轻握舞伴的右手，右手小心而胆怯地搭在对方胳膊或腰上，或仅是象征性地捻着对方的衣服。跳舞时的那种愉悦和战栗感，是我们那个时代很多人对异性身体最原初的感受。这是一种蜻蜓点水式的感觉，既朦胧，又短暂，而且缥缈，但又非常美好。即便如此，还是有很多人对此感到恐惧甚至仇视，老头老太太们将其称之为抱腰舞，其鄙夷情绪，无异于将跳舞等同于淫乱。而许多年轻人也对此充满了恐惧感，只敢和同性跳。于是舞场上便出现大规模的男的和男的、女的和女的抱着跳舞的场面。还好当初没有"基友"或"拉拉"之类的概念，要不然场面会更尴尬混乱。

　　那时，各单位搞舞会也成了一种时尚。通常是一家单位办舞会，全城年轻人齐上阵，巨大的灯光球场人山人海。口口相传召引来的年轻人，在当时热门的琼瑶电视剧主题曲伴奏下翩然起舞的场景，必须用壮观来形容。这也使一些头脑灵活者看到了商机，纷纷开始组建乐队，开办商业舞厅，并使用当时不多见的光碟和紫外灯。一时之间，舞厅如打老鼠游戏中的小耗子，此起彼伏，好不热闹。而年轻人多的地方，争吵与打架的发生几率也高，这也是跳舞继"抱腰"之后又一个令前辈们诟病的地方。

我不热爱跳舞，但也不讨厌。偶尔跟着同伴们去别的单位或舞厅，大多是因为无聊，后来父母反对得激烈时，则纯粹是为了品尝偶尔的小小反叛带来的片刻快感。我不明白我的父亲和母亲对舞厅不共戴天的仇恨究竟来自于哪里，嘴里老是说跳舞的没有好人，例子就是"文革"中本地一位照相馆员工在家里办地下舞会被判刑的事情。他们讲这事时，既焦虑，又恐惧。

对于我去跳舞，父母没有像对我去银行上班那样无为而治。也许他们所认为的我犯错的时间终于来了，准备以点带面连本带利地清算半年来淤积在他们心中的不爽。特别是父亲，他还有另一种担心，即我可能通过舞会不经他们认可找到一个男孩，并被他带走，被他引向一条不堪的人生道路。这可能是所有青春期女孩父亲的心病。

父母的唠叨与反对越过激，我心中忍不住就越有一种暗爽的感觉，就像一只小老鼠终于惹得猫发怒了，而猫对它又无可奈何。但这只小老鼠并不知道，惹怒一只真猫，后果其实非常严重。

我永远记得 1987 年 12 月 28 日那个并不算太冷的冬夜。临近新年，各单位办舞会的频率更高，我撒谎出去参加舞会的频率也更高。邻居、亲戚和妹妹不时向父母反馈我与男孩或女孩在舞场或夜食摊前的行迹，戳破我的谎话。父母觉得我的行为值得怀疑，于是严禁我晚间出门，而这天，我与同事们已约好并发誓谁不去就是小狗。眼见着舞会开场时间就快到了，我实在想不出办法，只好把枕头塞在被子里装睡，然后从窗户上顺着水管翻了下去。我家在二楼，虽然不高，但要突破这种极限，也确实需要些勇气。

我突破极限的勇气也彻底打破了父母的底线。那天晚上，发现我逃跑之后的父母，被半年来积在胸中的所有愤怒激发着，寻遍县城所有舞厅，并将正在和一个男同事跳舞的我揪了出来。突然受到惊吓的我被周围围观的人一起哄，像是被人抓了现行的小偷，羞愤难当，于是和父母顶起嘴来。这等于是往一堆燃得正旺的火上，浇了一桶油。盛怒的父亲一抬手,他手里的自行车链锁正好砸在我的额头上。

那链锁砸在额头上的伤只保留了一个月,但留在心上的伤口,却有几十年。我离开老家结婚甚至生了你,这伤口还横亘在我们父女之间,每每想起都阵阵悸痛。多年来,我一直在想,他究竟是故意用链锁打我,还是怒气之下失了手?但始终没得出答案,这成了我心中的一个结。直至去年他去世,如果不是你们父女的坚持,我也不会回到老家,不会听到他对那件事的最终解释。他说:"如果再有一次人生,我依然还会打你那一下的,因为所有对你的愤怒,都不及对你从楼上摔下去的恐惧和担心……"

故事提供者:陈兰(医生)

讲述背景:女儿高三毕业了,同学们张罗着要搞活动,有人提议学电影里开毕业舞会,女儿和母亲聊起,觉得这方式太古老了,由此引发一段回忆。听完之后,女儿长叹一口气说:终于知道妈妈额头上的伤疤是怎么来的了,也终于知道妈妈为什么一说起外公就不爽,原来这里边有故事。

手抄本

　　我读初三是 1985 年。那一年，我 15 岁，是班里的班长，老师和同学眼中标准的"乖乖男"。这个称呼，于老师是一种褒义；于同学，则是一种贬义。在青春期的审美观里，乖乖男就是温顺、听话、假正经的意思，甚至还是老师派出的间谍的代名词。落下这样的名头，想不孤单都很难。整个初中阶段，我都被同学们彬彬有礼地拒于千里之外，每张客气的笑脸都是软软的拒绝，使我像困在玻璃笼中的苍蝇，身边的世界既清晰真切，又不得其门而入。

　　当孤单与保持距离成为一种习惯之后，我也渐渐适应并享受这一番被人敬而远之的孤单。在整个初中三年，我基本上没有算得上要好的朋友，唯一与我交往甚密的是我的表弟。他与我同级，在隔壁班。我们住在同一个小院，上学放学的路径基本一致，这也使得我不至于孤立得只有影子伴我上学放学。

　　表弟和我像一对反义词。我们年纪虽只相差几天，但差距很大。我个头高，他个头矮；我成绩好，他成绩差；我遵守纪律，他破坏纪律；我时常得奖励，他时常得处分；大人们时常拿我们相比，并敦促他以我为榜样，这使得我就具有了一个天生的任务——陪伴并敦促他上学放学。但这并没有影响我们之间的交往，因为相比于父母的押送，我这个表哥一路说笑着陪伴上学终归更人性化得多，毕竟是同龄人，共同感兴趣的东西更多一些。

　　家长们希望我的正面能量能抵消他身上的负面能量，只相信他跟着我会学好，而我跟他在一起不会学坏。但事实上，这两者的可能性都不大，我们像两条平行的轨道，虽同行，但并不相交，始终各自保持着自己的行为处世方式。相比而言，他对我所在乎和热衷的学习之类的东西的兴趣，远低于我对他热衷的玩的兴趣，各种玩在他添油加醋的描绘中变得妙趣横生，令人心向往之。

　　他时常会给我讲一些我闻所未闻的东西：哪个学校的学生和哪

个学校的学生打架了；哪个录像厅正在放香港的武打片；哪个男生给女生送了小纸条又被女生送给了老师；哪个捣蛋鬼在生理卫生书上画裸女被老师揪了耳朵……

可以说，他向我展示的世界，对我来说是完全陌生的，就仿佛我和他根本就不在同一所学校读书一样。八卦是人类的天性，听着风平浪静的学校背后半真半幻的各种奇闻轶事，我觉得既新奇，又刺激。虽然嘴上时常提醒表弟不要参与，但内心对这些在沉闷学习之余传来的消息有一种暗爽的感觉。人们常说青春期的身体里都藏着一头野兽，我也不例外，只是与他们的活泼与张扬相比，我身体里的"野兽"显得更压抑也更隐秘。

表弟之于我，就是一个与外界联络的小孔，外面世界里那些光怪陆离的色彩，就通过他映进我封闭的小小世界。我在接收到这些信息并享受到小小刺激的同时，永远不忘以一副凛然的架势，一面听，一面提醒和批判。我知道，这对表弟没用，对自己也作用有限。但这至少维持着我不参与其中的底线，直到发生手抄本事件。

所谓手抄本，其实就是一种用手抄写的书。这类书，因为某种原因不被允许出版，人们便以手抄的形式悄悄流传。这些书，有些是管理者们认为"政治不正确"的，有些则是有暴力与色情内容的。

早几十年，因为禁止出版的范围实在太大了，以至于几乎除了最高领导人的书和极少数被恩准出版的作品，其余的全被禁掉了。于是，在那段特殊的时间里，包括《战争与和平》《安娜·卡列尼娜》《基督山伯爵》，甚至《第二次握手》，都以手抄本的形式悄然传递至各种饥渴而忐忑的眼前。

到我们那个年代，随着出版禁忌的逐渐减少，人们能买到的书的门类也越来越多，"手抄本"的范围也就越来越小了，基本上都指向了淫秽和暴力方面的书籍。我的一位前辈到香港演出，因为好奇，买了一副印着裸女的扑克，结果被人举报而丢了工作。他的一个同事，把买回来的扑克拍成照片悄悄送人，结果被判了刑。

在我们那个时代，最令人心惊肉跳的手抄本，都与性爱有关，而其中最出名的就是《少女之心》（也叫《曼娜的回忆》）。我们知道它的名字，是缘于各种关于犯罪的新闻。在那些新闻报道中，这本书像是一剂效力神奇的毒药，谁一接触，就立马会变成坏人。

我第一次近距离接触手抄本，与表弟神秘兮兮的举动有关。那些日子，一向看到书就犯困、一写字就打呼噜的表弟突然大彻大悟了一般，每天伏案抄抄写写，既勤奋，又兴奋，还有些神秘。因为我负有理论意义上的监督义务，对他如此反常的举动，当然要提高警惕，于是软硬兼施让他交待秘密。这其实一点也不难，在表弟心中，即便我们还没有发展到可以一起干坏事的过硬关系，但至少已经有了可以分享秘密的交情。依他的性格，做下什么惊天动地的事情如果没有人分享，无异于半夜穿新衣还不许出门。而这事，与人分享还是有难度的，因为他不舍昼夜勤奋抄写的，就是令人谈之色变的《少女之心》。

　　他表情凝重地把写满歪歪斜斜字迹的笔记本交给我时，我感觉不知是他的手还是我的手在颤抖。我承认，在此之前，我从一些"内部发行"的案例通讯上以检索关键字式的方式寻找过"裸""床""胴体"之类令人浮想联翩的字词，并对女尸也有过心向往之的感觉。但当我翻开他的笔记时，我承认，那种感受是从未有过的，那上面的每一个字都在燃烧，令我这个对男女之事知之甚少的懵懂少年血脉偾张，面红耳赤。这时的我，心里真有两个小人儿，一个想继续看下去，而另一个在喊放下！

　　最终，我还是选择放下，因为我确实担心自己会像那些变坏了的人一样，立马变得不可收拾。同时，我也担心从此以后有"把柄"落在表弟手中，一旦某天被长辈们拿我们比急眼了，他给抖露出来。我承认自己是在极其纠结的心情下，心不甘情不愿却一脸正色地把手抄本还给表弟的，临了没忘义正词严地告诫他："这些东西，最好不要看！"但就像以往的许多嘱咐一样，基本是风过石佛，无动于衷，我们各自持保留态度地相安无事。但很遗憾，我当时无法掩饰自己的脸红与耳热。

其实，这"相安无事"是脆弱且大可怀疑的。因为我发现自己有一些明显的变化，梦渐渐变得多起来，而看异性的眼光也有些异样。手抄本上那几行匆匆而过的文字，居然如神奇的种子，在我心中生出无数暧昧的想象。那惊鸿一瞥的交接，使我对那本书充满无限的想念和渴望。满足这渴望唯一的障碍，就是怕别人知道。如果表弟不在场，我不知道自己有没有能力按捺得住。

老天似乎有意要考验我。一天，在上学的路上，在我家与表弟家共用的小院门口，我捡到了那个在我梦里出现过无数次的腥红色外壳的笔记本。我不知道表弟对它那样小心地严防死守，怎么会丢失。我甚至怀疑表弟是故意把本子丢在那儿，然后躲在不远处偷偷记下我的表现，用作取笑我的材料。我踟蹰再三，观察良久，终于还是决定趁着大人没发现，把它捡走。

整个上午，怀揣着那个本子，我像一个即将去执行任务的人肉炸弹，度秒如年地熬到中午，然后绕了一大圈，躲到校园操场围墙背后的油菜地里，手脚颤抖地把本子打开，让那些歪歪扭扭的字，心惊肉跳地撞入我眼里。事隔多年，具体的内容我已记不清了，我只记得那天的油菜花里似乎有血，我的心跳声很疯……

我不知道自己是怎么离开的。我把红色日记本扔到油菜田中央，但这并不妨碍它物归原主，并让表弟被学校开除。这与其说是天意，倒不如说是因为他笨——在当时的中国，抄手抄本的何止千万，而像他那样，用写着自己名字和班级的本子抄写的，他可能算第一个，而恰好这本子又被觉悟高的农民伯伯捡到，交到了学校……

故事提供者：叶华友

讲述背景：听读初中的儿子讲, 生理卫生课程, 老师让他们自习, 儿子通过一些渠道在神秘兮兮地找相关读物。

垃圾桶行动

　　1985 年，我读初三。这一年，我所在的县城教育局要进行一场改革，开始按区域而不是成绩划分高中生录取名额。这一有些超前的旨在提升教育公平度的改革，因为县城两所中学的硬件和师资的不平衡，而受到了极大的阻力。一中在主城区，师资力量雄厚，教育设施更齐备完整；二中则在郊区，且刚从乡办中学升级而来，虽然临时抽调了一些老教师，但与一中相比，终究还是"中央军"与"地方军"的差异。而悲催的是，按照以距离远近划分学区的原则，我们班的绝大多数人都将分在二中，整个班级陷入到一种绝望而愤怒的情绪中。以至于少数有资格读一中的同学，不仅不敢在班上露出任何喜色，有时甚至还掩饰住喜悦，挤出一脸愤怒，与我们一起声讨教育局的新政策。

在叽叽喳喳议论了几天，并想尽一切丑话脏话骂完教育局之后，我们发现，此时的任何宣泄，都不过是向天吐口水一样的愚蠢举动，除了让自己心情更糟，便再无任何意义。因此，我们决定做点什么。

有人建议给教育局写联名信，但在签名这个环节却卡壳了。几乎有一半以上的人，并不如他们所宣称的那么勇敢，一想起自己的名字会白纸黑字地落到那封抗议信上，就感到恐惧。虽然那封信，不过是我们表达困惑的正当诉求，但大家心中仍充满了担忧和恐惧。

有人建议写黑板报，陈述依地域而不是成绩划分学校，是另一种不公平，是打击认真学习的学生的举措，甚至是一种"唯出身论"的翻版。这个提议，也很快就被否决了，因为这相当于把所有的风险，交给一两个写黑板报的同学去承担。此前，有同学因为写了一篇质疑"3·5"学雷锋有形式主义嫌疑的文章，而受到学校的严厉批评。现在这事，比那事严重得多。

事情又回到原点，大家又开始唉声叹气并怨天尤人起来。我们这群十四五岁的孩子，经过多年的听话教育之后，已不懂得用合适的方法去表达自己的正常诉求了。我们觉得质疑老师已是惊悚的事情，而质疑管老师的教育局，则更是天大的不敬了。虽然我们有理由相信自己是正确的，但站直了别趴下地把它表述出来，并取得对方的认同，却实在没有信心。

这样无疾而终的讨论在校园的后操场进行过四次之后，大家都开始绝望和厌倦了。有几个豪爽的女生以极度鄙视的眼神打量完在场所有人之后，决定不再与我们为伍，而是采取了她们自认为有用的方法去表达意见。于是，第二天，教育局门口贴出了几张巨大的大字报，上书"我们反对按区域升学"，县委和县政府门口，也出现了相同内容和字体的大字报。此事甚至惊动了公安局。公安在现场查明其中并无敏感信息后，也没做太多动作，只是撕走了事。班上那几个慷慨如烈士的女生，惴惴不安了几天，终于没有等来想象中的清查，才慢慢缓过劲来。

每个人都被一种放大了的恐惧笼罩着。这是一种令人极其不好受的感觉，它使人陷入到两难之中。我们如同坐在一辆高速冲向悬崖的车上，如果不跳车，就会冲下悬崖摔得粉身碎骨；而如果跳车，也许下场更惨。我们的悬崖，就是简陋粗糙的二中，我们的跳车，就是有可能惹来麻烦的抗争。

大家又围聚在后操场，一片愁云惨雾的焦灼。

在极度压抑而有些无聊的气氛中，一向喜欢在沉闷时语出惊人逗引大家注意的钱小康突然发话了，他咬着牙说："那些想出按区域分校的人，真是垃圾，应该把他们装进垃圾桶里！"

这句无厘头的话，很快引起大家的兴趣，沿着这个思路，大家一路鸡生蛋蛋生鸡地用各种与垃圾有关的想象，来宣泄心中的不平衡。就在大家说得热闹的时候，有人大喝一声："在这里胡思乱想有什么用？谁有种，今晚就推一个垃圾桶到教育局门口去！"

说话者是林大肚，班上著名的莽娃，他历来是个实干者，讨厌大家婆婆妈妈叽叽歪歪的议论。他的信条是：说的是风吹过，干的才是实在货。这一人生原则，使他长出比同龄人多一倍的肉，而且打架次数占了全班打架次数的四分之三。

十四五岁的孩子最听不得的便是"有种""无种"之类的话，这关系着小小的颜面往哪里放的问题。林大肚一句话，几乎就纲领性地为不知所从的我们提供了一个方向。很快，大家不再纠结于干与不干，而是开始研究怎么干的问题。

首先，送几个垃圾桶？起初商量是一个，但这样显得太微薄太没有震撼力。最终的决议是，多多益善，发动尽量多的人，推尽量多的垃圾桶出去，以达到令人震惊的效果。

其次，在什么时候推？除了林大肚之外，几乎没有人主张白天干，谁也不想去当行不改名坐不改姓却死得很难看的倒霉蛋。大家毫无悬念地选择了晚上。那时的县城不像现在这样灯火通明，每晚三点，所有街灯都会关掉，正是下手的好时候。

时间定在当晚，任务是每个人把自己家门口的垃圾桶推到县教育局门口。当时，县城刚开始实行桶装垃圾，并引入了垃圾清运技术，每晚垃圾桶都会清倒一空，这为我们的"工作"，扫清了一个巨大的障碍。我们可以轻松地推着空垃圾桶，招摇过市。

我永远记得那个初夏的夜晚，我在床上数着天上的星星等路灯熄灭，这是我们行动的信号。我承认，当时我的心情是兴奋的，一想着所有的同学都在干着相同的事情，身上竟莫名地充满了一股力量。

在我数次险些睡着又惊醒之后，街灯终于灭了。我拿起藏在枕头下的布手套，悄悄开门，蹑手蹑脚地来到楼下早已选好的垃圾桶旁，试推一下，还算轻巧，就是味道稍微重了一点。昂头仰脖，屏住一口气往前推。一想着明天天明之后街面上将出现的奇景和人们的惊叹，那味道算得了什么？小意思！

这时，我感觉在不远处的巷口，也有垃圾桶轮子在地上滑动的声音。不知是幻觉还是真实的状态，我感觉整个小县城的所有街道上，都传来沉重而令人兴奋的滚动声。这是一群少年，在用自己以为可行的办法，表达自己的心声，既有忐忑不安的小心，又有跃跃欲试的亢奋。

那时的街道不独是没有灯光，甚至不像现在，随时有夜游或巡逻的人。这使得我们的恶作剧，能够顺利地完成。当我大汗淋淋地把垃圾桶推到教育局门口时，那里已聚集了很多垃圾桶。黑暗中似乎隐隐还看得到匆匆闪去的身影，大家没打招呼，偶尔有吹口哨的，也很轻细而小声……

那晚参与的人数，比我们想象的多得多。县城所有街道的垃圾桶，无一遗漏地跑到教育局门口，这是何等壮观的场景。推垃圾桶的，除了我的同学们之外，还有和我们同样不满意新升学方案的邻班甚至邻校同学，甚至还有拔刀相助或掺和热闹的人。我们那晚的成果，第二天环卫所派出三辆垃圾车忙活了一天才复原。

尽管声势和影响造出去了，却没有任何人从这里看出我们有什么诉求。当时如果在垃圾桶盖上贴上反对按区域分校之类的字样就好了，大家在看完热闹恢复平静之后，悻悻然说。

按区域分校的计划，最终没有实现。这当然与我们的垃圾桶行动无关，是一些家有子女涉及到该计划的人大代表和政协委员还有官员们群起反对，形成压力，才使教育局这一计划最终变成"传闻"。我们都清楚，这事与我们诉求并未表明的垃圾桶行动并没有直接关系，但我们心中仍各自存有一点小小的自豪感，认为我们为自己的命运，做过点什么，虽然这事说起来不那么上得了台面，甚至还充满了滑稽感。

故事提供者：于道斌（文员）

讲述背景：读大一的侄女来信说学校的同学们因为不满学校食

堂承包者提供的伙食太差，集体罢食。有的同学甚至从校外抱来几头小猪，让猪在饭堂吃饭，以示抗议。此事引发对往事的一段回忆。几十年时间过去了，在表达意见的渠道和维护权利的手段上，管理方和孩子们的进步都有限。有人说，民主是一种生活方式，我们需要学习的还很多，诚哉斯言。

窃书记

在我短暂而漫长的青春岁月里，出现得最多的一个主题词，便是偷书。按照前辈孔乙己先生的说法，窃书，读书人的事，不算偷。故而我也择雅而从之，仿他的说法，窃一回。

我不知道孔乙己的书，究竟有多少变成铜钱换了黄酒，有多少用来打发寂寥漫长的日夜。但我知道，我所努力想要窃的书，没一本是打算拿去换麻糖和花生吃，而是为了自己的眼睛和心灵的需求。如果单纯是为了要换糖，我完全可以像小伙伴他们一样，对我家背后的铁工厂废料场下手。我只需要从墙下的水沟洞里钻进去，捡两块称手的铁扔出墙，几块麻糖和花生便到手了，无须像窃书那样，费尽周折，而且，收废品的根本不喜欢收书。

那时，街面上没有网吧和游戏厅，青少年最喜欢去的就是连环画店。这些小店，通常以一分或两分不等的价格，把厚薄不匀的小人书租借给孩子们看。我最初的阅读兴趣，就是在那光线并不十分充足的小店里，几块砖垫一块木条做成的长凳上养成的。满满一屋孩子密密地挤坐在一起，屏声静气地看书的场景，至今仍是我心中最美最温暖的画面。

但是，比起记忆的温暖，现实却是冰冷而骨感的。一分两分钱的租金，虽然现在看起来不贵，但在当年却是很具体的。那时候，米不过一毛三分多一斤，肉凭票七毛多一斤，一分钱也就是一杯爆米花，两分钱就是小半瓶醋。谁家的经济条件，能敞开了让孩子们由着阅读兴趣去花钱读书啊？况且，一本新连环画也不过一两毛钱，这直接让人产生租不如买的不平衡感，像现在买房人的心态一样。

14岁的我，疯狂的阅读愿望与有限的图书供应量之间出现了巨大的反差。这使得我不由得想出各种各样的歪点子去筹集看书的资本，而为了炫耀自己看过的书多，进而产生拥有更多书的愿望。由此，我开始了我的窃书生涯。

　　我第一个下手的目标，是邻居朱爷爷。朱爷爷是一家单位的会计，常年并不住在家中，以至于他的那座小院，有一种荒弃的感觉。檐下挂着蛛网，墙上长着杂草，这间终年无人的小院，成了周围家鼠野狗小猫和我们这帮半大孩子的乐园。小时候在那里扮鬼捉迷藏，只对墙上挂着的铁剑感兴趣；稍大懂些事了，便对那黑屋子里的大书柜感起兴趣来——那里面有好东西。

　　朱爷爷的书，大多数是很久以前置办下的老书，《西游记》《水浒传》《三国演义》《儿女英雄传》《拍案惊奇》之类，还有《山海经》

《阅微草堂笔记》《随园诗话》《聊斋志异》。我凭着十几岁少年的阅读兴趣，窃过《西游记》《三国演义》和《水浒传》。我的另一位伙伴，窃得一本《芥子园画谱》，由此开始学画，最终成为一位知名的山水画家。我所窃的书，原本也是想看后放回去的，但一想着放回去还不知会进哪家小伙伴的灶门，于是一狠心，就昧了下来。此事一直到多年后朱爷爷去世，房子拆迁改建为楼房，也没人问起。我虽然一直心存愧意，但想想那些书最终没有一直在蛛网尘灰中变为鼠虫的美食，而是成为一个青春期少年的精神食粮，不禁有些释然，甚至还有一种拯救了它们的小小愉悦感。

我下手的第二家，是离家不远的建筑公司工会图书室。与窃朱爷爷家里的书一样，我在整个过程中，没有丝毫"偷"的负罪感，倒是觉得那些被铁栅栏封锁着的书，如同被投入牢狱的老友，正等待着我的搭救。

为了接近那早已无人搭理的图书室，我也是下过一番苦功夫的。首先，和门卫的儿子以及他家的狗搞好关系；接下来，做好堂弟的思想工作，因为他的身体够瘦小，可以从图书室的护窗爬进去，我可以在窗外接手，而即便被抓住，别人也不会拿七八岁的他怎么样。

经过周密筹划，在一个月黑风高、适合偷书的夜晚，我和堂弟出动了。我们学电影里的侦察兵，都穿了黑衣，还很二地往脸上抹了锅底灰。我们从建筑公司后院的地沟里钻进去，迎面就撞到守门的大狗阿黄，看在平常给他丢馒头和挠痒痒的份上，他原谅了我们的古怪行为，摇摇尾巴自个儿玩去了。

我们从山一样的木头垛子的缝隙里穿过去，很快接近了目标。堂弟果然没有辜负我的期望，三两下爬上图书室的护窗，然后就往外递书。我凭手感，凡是塑料封皮包着的精装书，都不好看，扔在一边。匆匆忙忙抱了一堆手感尚好的，用衣服包了，悄悄凯旋了。

这天夜里"成功越狱"的有《青年近卫军》《卓娅和舒拉的故事》《红岩》《战争与和平（上）》，还有《敌后武工队》《吕梁英雄传》等，以苏联书为主，也有一些读不懂的法规和理论书。这些对于我来说，已是非常棒的收获了，那几本苏联小说让我在其后整整一个暑假里，沉浸在一种难以言说的幸福中。

建筑公司一直没有发现图书室有什么异样，这使我和堂弟又轻车熟路地干了几票。直至有一天，废品公司的一辆大货车开来，把图书室的书都运往了纸厂，我和堂弟才开始为自己人小力气小无法偷走更多的书而感到深深的遗憾，像阿里巴巴眼睁睁看着好不容易发现的宝库被洗劫一空一样。而最令人愤怒的是，抢走这些宝物的人并不认为它们是宝物，而拿去铺了路。

建筑公司宝库的沦陷，让我不得不把窃书的眼光放到下一个目标上——父亲的书柜。

不知从什么时候起，父亲在大衣柜下面的底柜里建起了一个小小图书柜，他时不时会把一些崭新的图书和杂志放在里面。那些新书，有很多是我做梦也想得到的，比之于我先前窃来的那些泛黄甚至发霉的旧书，它们简直就像衣着鲜亮的天使。它们中，图书有《格林童话》《安徒生童话》《尼尔斯骑鹅旅行记》《唐·吉诃德》《欧亨利小说集》，杂志则有《奥秘》《少年文艺》和《读者文摘》，都是我非常想看的。

但是，父亲每次买了新书，自顾自看完，就把书小心而平整地放进衣柜下面的书箱里，然后令人愤怒地锁上，让那些泛着书墨芬芳的尤物，与我一箱之隔，令我抓狂不已。

为了摸清父亲书箱钥匙放在什么地方，我可谓费尽了心思。找他借指甲剪，侦察到钥匙并没在他随身携带的钥匙串上。然后，就是床上、枕边、米坛、蜂窝煤后，甚至连泡菜坛子也找过，但终于还是没有找到。我也曾想正面向父亲借，但父亲一脸吝啬和不情愿，仿佛是担心我损坏他的书，又仿佛是那其中有些书，是我现在不适合看的。这更激发了我的好奇心，我下决心一定要把它们拿到。

一连很多个晚上，我都静静地等着父亲看书，睡觉。终于有一天，我看到他放书，并把钥匙小心地放到挂蚊帐的竹筒里。皇天不负有心人，我终于可以看到那些新书了！我那份高兴劲，至今想起还兴奋不已。

多年后，我已是一位受人尊敬的语文老师。一次在饭桌上聊往事，说起了童年这些趣事，我以此事来取笑父亲的吝啬。父亲听了不仅不生气，而且很开心地笑了，说："傻孩子，如果我不那样坚壁清野神秘兮兮，你会那么快那么认真地读完那么多优秀的外国经典？那些书，都是专门为你买的，而且，我藏钥匙的时候，早就知道你那小脑袋瓜在门上的窗户上盼望了好多天了。我就是为了吊吊你的胃口，让你好好珍惜那些书。不是你小子聪明，而是你老爸太有心。"

故事提供者：于李平（教师）

讲述背景：偶尔和读初中的儿子聊起读书的事，儿子说，现在除了做功课之外，基本没有时间读课外书籍，以至于父亲为自己买的很多书，从来都没有碰过。由此引发一段对往事的回忆。才二十几年，人们对书的阅读兴趣发生了天翻地覆的变化，这既让人惋惜，更让人深思。

成长就是离开

1987 年，我职高毕业，在一家电子公司下属的车间实习。对于升学无望的我来说，早早地找一个工作，挣一份薪水，然后用那钱去租一间属于自己的房子，是我挥之不去的一个疯狂梦想。

我梦想中的房子并不大，有一扇小小的挂着粉红窗帘的窗，窗台上可以摆上一个笨笨的花瓶，插上四季不同的鲜花。窗前有一张铺着白色桌布的折叠桌，上面放着一套琥珀色的咖啡杯，旁边有一盒速溶咖啡和伴侣。这是那个时代小城文艺青年们视野里并不多见的一种外来的有文艺范儿的生活方式。

　　小屋里自然应该有书架，价格并不贵的竹制简易的那种。书架上不放课本，只放那些曾经被老师和家长追着收缴的"影响学习"的书，琼瑶要有，三毛要有，金庸、梁羽生、古龙更要有。想着泡上一杯咖啡，捧着一本书或日记，平躺在充满干燥阳光香气的被单上，沐着从自制的红色灯罩上透射下来的暖暖光影，慢慢进入梦乡，那该是多么美丽的一件事情。

　　这一切是有原型的，它来自于我实习时的一个师傅。师傅其实只大我三岁，比我早两年参加工作而已，她就有这样一个小小的房间，每颗钉子都按自己的心愿自由地摆布着，那怡然自在的快乐，令我心向往之。

　　但是，我知道，要实现这一看似平常的愿望，其实比登天容易不到哪里去。因为我实在找不出一个合适的理由向父母表达自己要去外面住的愿望，虽然，这一年我已年满18岁，我自认为可以按照自己的想法，去开始自己的人生之路。但爸爸妈妈会拉着我的手，无限亲切地问："你为什么会产生这样的想法？是我们哪里做得不够好？你说出你的想法，我们马上帮你办！"那样的神情，仿佛是我3岁时想要一颗糖或5岁时想要一个布娃娃那样在耍着小脾气。他们对我如此的好，而我却要一意孤行地从这份"好"中逃离出去，确实有些不知好歹，甚至说得上是"丧尽天良"了。在这一点上，中国的父母，与外国的父母不一样，外国的父母更像猛禽，孩子一旦到了该独立的年纪，就是踢也要把他踢出窝去，让他扑打着翅膀学会自由飞翔，哪怕摔死摔伤也听天由命；而中国的父母则更像家禽，永远用一种温暖甜美得如蜜糖水的关爱，呵护着十岁的宝宝、二十岁的宝宝、五十岁的宝宝……

我母亲也就是你姥姥的一句口头禅是："只要我一天没死，你就算长到一百岁也还是我的小宝宝。"一想起这种无微不至却让人没有呼吸空间的爱，就让人郁闷。

我不知道自己离开父母独自出去居住的愿望究竟开始于哪一年，也许是小学二年级父母外出旅行把我寄在同事家，与发小梅梅坐在窗台上看月亮的那段记忆太美？还是初中时班上组织去野营，我们十几个女生将费尽心思抓来的几百只萤火虫放在蚊帐里的场景太让人流连？抑或是职高时偶尔以给住校同学做伴的名义悄悄跑到女生宿舍里，几个女生叽叽喳喳聊天到天亮的感觉太好玩？还是某个圣诞节的晚上，班上男男女女跑到一个家长刚好不在家的同学家里架圣诞树讲鬼故事的情景太刺激？总之，我觉得离开爸爸妈妈无所不在无微不至无所不管的家，自己决定几点睡觉就几点睡觉，日记本想扔床上就扔床上，鞋子想横着放就横着放，想几点钟起床就几点钟起床，是件多么快乐和舒畅的事！那也许就是传说中的自由吧？

为了这份自由，我决定干点什么。

电子公司因为我的表现还可以，决定录用我在那里上班，这让我有了一个堂而皇之搬出去住的理由。我谎称可能经常会加班，单位会分宿舍，我想到外面去住。母亲轻易就识破了我的谎话，她拿起电话要给经理打电话询问情况，并咬牙切齿地表示，就算是加班到凌晨也会来接我。但我慌乱的表情，很快将我出卖。她没有发火，也没有骂我，只是有点失落地小声问我："你那么急迫地想要离开我们？"语调中有一种淡淡的忧伤。

和别的父母不同，我的父母，并不把孩子单独出去住的愿望妖魔化，视为是想逃脱管束去为非作歹的行为。大人眼中的世界，与我们眼中的世界是不一样的。这就如同高二时一位同学家里没大人，我们五六个男女生跑去包水饺、讲笑话，并偷偷尝了他们家的酒。这在我们看来，不过是成长记忆中一次无伤大雅的小小花絮，但在老师和家长们看来，仿佛犯了天条一般，几个男男女女，在一个无大人管束的空间里，嘻嘻哈哈，吃吃喝喝，是不是谈恋爱？是不是……接下来的词句，实在不好意思往下说。总之，不知是我们的头脑太简单，还是大人们的头脑太复杂，相同的世界，相同的人和事，感觉却大不一样。在他们看来，青春期的我们，像揭开了盖的手榴弹一样，充满了危险。

我的父母对我想要离开家的愿望并不这么看。这是因为我自幼就给人留下的乖乖女形象，让他们不忍心把我往坏处去想。他们所担心的，是我在失去他们所营造起的这个庇护罩之后会受到伤害。

从第一次提说被揭穿之后，我没再向母亲提出去住的事。但在私底下，我暗暗开始做起准备来。在我柔弱而听话的外壳里，其实装着一只叛逆的小野兽，越是受到约束，越是渴望挣脱。

　　我用第一个月的工资，在城乡结合部的农家小院里租下一间小房。这家人老少齐全，而且有一个慈眉善目的婆婆，这让我很放心。我的小房间，恰好是他们的后门，可以独进独出，也十分方便。此后的几个月，我就像一个地下工作者一样，今天悄悄从家里带走一张桌布，明天从同学那里顺走一个窗帘，或悄悄到旧货市场淘来旧桌子或椅子，漆成我想要的白色。我惴惴不安而又有些得意地在营造着一个秘密工程，一个只有我自己知道的小小隐秘世界。我在制造和搭建它的过程中，体会到一种从来没有感受过的刺激与兴奋。虽然我一直没在那里过夜，但经常一个人跑到那里，一待就是半宿，哪怕只是躺在床上听听收音机里的点歌节目，也感觉发自内心的愉悦和舒服。从那时我就知道，一个属于自己的空间是多么的重要！

　　为了不让母亲所担心和诟病的种种事情发生，我这个小小的居所，没有让第二个人知道。这就像中了彩票大奖却无法和人分享一样。有好多次，在和闺蜜的聊天中，话已到嘴边，但又吞了回去。因为我实在不愿意让我这个小小世界，被别人说成"男男女女的聚居地"。对于那帮没有多少闲钱出去消费，但又渴望有个自由喝酒聚会场所的朋友们，我这小屋，不是跟老虎口边的肉一样吗？那样，就是浑身长嘴，也无法和父母解释了。

但即便是这样，我的小屋还是迎来了第一个客人——我的妈妈。当她尾随我进门，站在惊愕的我面前时，我感觉自己身边的一切景物都像蜡烛一样融化了。

她的平静，完全超乎我的想象。她自己拉出凳子，坐在桌旁，四下看了看，点点头说："不错，跟我想象的差不多。你不给我烧水泡杯咖啡？"

我用电热杯烧水，心中暗暗盘算着给她解释的说词，以至于手中的水杯，很不听话地掉在地上。

母亲说："你别紧张，更别着急编后面的故事，我都站在这里了，还用得着解释什么？我这十几年的妈妈，是白当的？我都悄悄给你当了很久的保镖了，你所干的，都没逃出我的眼睛。我今天来，不是来教训你，更不是来拆你这个小窝的，我来，是想平静地和你聊聊天。

"其实，在你这么大年纪的时候，我也有着和你一样的梦想，早早地飞出去，远远地拥有一个自己的世界，这也就是为什么我会主动抢着虚报年龄，顶你大舅的名额到云南去当知青的原因。那一年，我还没满 16 岁就到了乡下，在那里一待就是 8 年，而且还生下了你。我是怀着美得天花乱坠的梦想去的，但现实却像一根根尖刺，轻易地戳破我那些肥皂泡一样的梦想。那两千多个日日夜夜，你能想象出来吗？每一个想象中泛着蓝色天光和唱着小夜曲的浪漫夜晚，都是一个个残酷的现实之梦。也正是因为那些日子太苦，我和你爸爸，才异常珍惜这千辛万苦的回城之路。我们更加珍惜你，害怕你受伤害受磨难，这也就是我们害怕你搬出来住的原因。

"但现在看来，你并没有理解我们的苦心，这就像当年我哭闹着从家里偷走户口本去报名当知青一样，我不明白妈妈那满含眼泪的一声叹息。

"看着你每天悄悄忙乱着，像个急于离开巢的小鸟，我总算明白了，每一段人生，都不可能由别人代替，无论是幸福还是苦难，都得由你自己去品尝。这就像你小时候我们怕你烫着，始终不让你碰茶杯，你却因为我们的阻拦，而越来越来劲，并最终被烫了之后，再也不摸了一样。

"孩子，现在生活这杯热茶就放在那儿呢，你自己看着办吧！"

母亲说完这一席话，放下一盒磁带，就走了。那磁带，只录着一首歌，讲的是一个十七岁女孩出门流浪，在外碰壁，最终回家的故事。母亲以这一首歌，表达了她的愿望，也无奈地承认了我已长大并终究要离开家这个事实。

故事提供者：喻兰（公司职员）

讲述背景：读高三的儿子越来越迫切地希望能去外面居住，老公很担心儿子离家会有种种不适应，甚至担心他会跟人学坏。在一次家庭会议上，母亲给儿子讲了这个故事，并和他一起听了当年外婆留下的磁带。儿子则同样给大家放了一首老歌作为回应，歌中唱道："我的家庭我诞生的地方，有我一生中最温暖的时光，那是后来我逃出的地方，也是我现在眼泪归去的方向……"

他认真而哀怨地说："妈妈，你懂的，这，就是成长！"

险些就当了强奸犯

每个人年轻时候都会结交一些朋友。有些朋友，会经过岁月的淘洗而陪伴我们一生；有些则如朝花夕露繁星过眼般匆匆消失。有些，会给我们带来温暖的正能量，激励我们奋发上进；有的，则是不折不扣的负能量，把消极的东西引入我们的生命，甚至将我们带入万劫不复的境地。在几十年的岁月中，这两类朋友我都遇到过，并切身体验到其中的利与害，而后者带来的教训，更是足以让我铭记一生，每每想起，都忍不住会惊出一身冷汗来。

那是 1982 年，我读高二。那一年的夏天特别热，我常逃学跑到护城河去游泳，在那里碰到了早已不读书的街坊先德和徐志斌。他们比我大几岁，早几年和我住在同一个院里。先德有一双巧手，能用木头雕精巧的坦克；徐志斌很喜欢打架，无论年龄和个子比他大多少的对手，他都敢发起自杀式冲锋，手中有啥拿啥打，决不含糊，很多比他大得多的街娃都怕他。

这一巧一狠的主儿，一直是我的偶像。自从与他们在河边重逢之后，我便有些近乎迷恋地开始了一段恣肆狂放的生活。那段时间，我们或啸聚竹林去掏鸟蛋；或与城西的小孩打泥巴战；或跑到田里去苦练旋子或鲤鱼打挺；或把郊外无主的小鸡或小狗哄到树林里烤成一块块黑肉撕扯着吃。

那时的我，像一只温水里煮着的青蛙，又像每天都在吸入微量毒素的瘾客，丝毫没有感觉到这些举动有什么危险，会对自己造成多大的伤害。我只是觉得，在田边地角疯狂跑着闹着的感觉，比在闷热的教室里面对老师那张威严如门神的脸，轻松不知多少倍。虽然有时在夜静更深之时，回想白天跟先德和徐志斌所做的事情，还是感觉有些惊惧和恐怖，因为那与我自幼所受的教育，差异太大了。

比如某天下午，先德把一个瘦小的男子从茶馆里叫出，拖到后街的小巷里，一砖头拍在他脑门上，然后在他身上狠狠地踢上几脚，

让他"交出来"。那男子从怀里掏出一个钱包，先德接过来，掏了里面的钱和粮票，把空钱包扔到他满是鲜血的脸上。

我为此担心了很久也闷声不响了很久，总觉得这事应该就算是传说中的抢劫。徐志斌拍着我的头笑我，说："傻瓜，那小子是贼，偷的别人的钱包，我们拿他的钱，是替天行道。打坏人，不犯法！"

他的话，使我的紧张感有所缓解。而接下来，先德用抢来的钱买来的卤猪脚与炒花生，则更是让我初次尝到了甜头，心中的不适感，也渐渐地放了下来。但即便如此，我还是没有接过他们递过来的酒瓶和点燃的香烟，因为我仍坚守着父母一直灌输给我的底线："抽烟喝酒是坏孩子！"

这样的日子过了没多久，老师和家长都发现了我的变化。老师在班会上点名或不点名地提醒了我无数次——小心交友不慎贻害一生；而父母则没有这么客气，直接以一顿又一顿的暴打和臭骂为武器，想以此斩断我和那些"坏孩子"的交往。但这种方式基本是无效的，因为他们越对我凶狠，则越让我想起朋友们的"好"，至少，朋友们不会打我不会骂我不会逼我做作业，有好吃好玩的东西在第一时间里就会想到我。在我16岁的人生观里，对"好"与"坏"的认识，是以主观感受为主导的，谁对我"好"，谁就"好"。而这种"好"与社会道德和法纪是无关的。这种认识让我险些为之付出惨痛的代价。

1982年9月15日，这是一个令我一生都战栗的日子。事实上，那天与我所经历过的无数个酷热的初秋没有任何区别。空气一样闷热如滚烫的棉花，蝉儿如即将被水没顶的濒死者一样疯狂地鸣叫。我在家中，一面佯装着做作业，一面伸长脖子听隔壁传来的刘兰芳的评书。窗外几声狗叫之后，飞进一个纸团，上面是先德的字迹：晚上师范学校放电影，快出来！

接到这声呼唤，我的魂都快被勾走了。三两下把作业做完，小心翼翼地从厨房边溜过，就在我正打算以冲刺的速度跨出门槛"投奔自由"的时候，正在做饭的爸爸叫住我，说："马上就要吃饭了，今晚吃红烧连肝肉！"

这是父亲这辈子成千上万次叫我吃饭中很普通的一次，却是最关键最重要的一次，它如同一个人生的岔道口，将我扳向一条完全不同的人生道路。

如果没有父亲这句话，我会以到外婆家去吃饭为借口，成功逃脱并扑向朋友们，和他们一起度过一个热闹的夜晚。但父亲说有红烧连肝肉，这东西是我自幼就最喜爱的。那时候油水稀罕，一听到有肉吃，再闻到满屋子令人陶醉的香气，我的嘴里顿时包满了口水，腿也不由自主地迈不动步了。心想："让他们等等吧，吃了再去也不迟！"

那晚的连肝肉很好吃。我连吃了三碗红烧肉汤拌饭，还有些意犹未尽的感觉。等我撑着腰步履蹒跚地出门时，那几个没有耐性的家伙早已消失得无影无踪了。我又赶紧到师范学校操场去找他们，并且很快在银幕后方找到了他们。这时，电影已经开映了，里面有个女特务穿着薄纱衣在扭迪斯科，看得大伙血脉偾张，兴奋地咽着口水胡乱吹着口哨。正在兴奋之中，先德突然说，这片子看过无数回了，我们去找点好玩的事吧，师范学校今天来了个洋金丝猫，我们找她玩去。

外国人在我们这里非常稀罕，包括我在内，所有伙伴们都异常兴奋地应和着。大家于是起身向宿舍那边走去。而就在这个时候，我感觉自己肚子里咕嘟一声响，接下来，一阵阵绞痛，不知是刚才连肝肉吃得太多还是走得太快，肚子开始抗议了。

这时候，找厕所的愿望远大过看洋妞的愿望。我急迫而小心地开始寻找厕所，而厕所却似乎故意躲着我。当我千辛万苦地找到厕所并解决掉难言之隐，再找他们时，他们已无影无踪。感谢上帝，那时没有手机！

　　我找了半天没有找到人，又悻悻然回去，把已看过很多遍的电影再看了一遍。我口中有种索然无味的感觉，总觉得自己错过了什么，因为平常看到他们跟在漂亮女孩后面吹口哨吓得对方慌乱逃窜的样子，也是一件很好玩的事。

　　但那晚我错过的，却是一件惊天的大祸事。第二天一早，我刚一起床，就听见外面传闻昨晚师范学校出大事了：一位年轻的外国女教师被强奸了，疑犯是几个年轻人，据说有人还用打火机烧了那女教师的体毛……

　　之后几天，公安传讯了我，把我吓得险些尿了裤子。经过再三解释和查证，我被放了出来，而先德和徐志斌等几个人，却没有放。徐志斌乡下来的表弟甚至提出了一个在他看来非放他不可的理由——要回家收谷子。但公安义正词严地拒绝了他的请求，并告诉他："你犯下的事，估计这辈子都不用收谷子了。"

　　因为事关国际影响，先德和另一个大孩子被判了死刑，徐志斌因为差两个月才满18岁，判了无期。公判会那天，我和班上几个最调皮的同学被班主任组织去"接受教育"。在开公判会的大操场上，挂着红叉牌子的先德在台上看到了我，冲我送出了一个"二十年后又是一条好汉"的顽皮微笑，但这笑容让我惊出了一身冷汗。我不知道那晚究竟发生了什么，但我知道，如果我在现场，被伙伴们一怂恿或激将的话，也指不定会干出什么可怕的事情，因为那时，我心中根本不能区分顽劣与犯罪的标准。我相信我一定会被绑在台上，而且位置，至少比徐志斌那满脸鼻涕眼泪的表弟靠前。

故事提供者：马骏骁（证券经理）

讲述背景：17岁的儿子时常夜不归宿，并与一些很酷的大孩子混在一起，一说起小哥们，就眉飞色舞，一副佩服得五体投地的样子。这引起了父亲的担忧。在一次郊游的时候，父亲跟儿子聊起这段往事。儿子听后，沉默了半天，并很真诚地对父亲说："爸，我知道了！"之后很长一段时间，儿子换了手机号和 QQ 号以及游戏号，不再与那些人联系。

人生的第一笔生意

　　每个人的成长过程中，都有一个对自己影响巨大的关键人物在起着引导作用。一个年轻人，在他的成长路上，如果视线范围内有个特别能读书写字的，他也许会奉之为偶像，并长成为一个文化人；而如果他身边有一个舞拳弄棒特别厉害的人，那他就可能成为一介武夫。我曾遇到过的许多人，都有类似的感想，连厨师和算命的也不例外。也许正是因为这个原因，才有了"孟母三迁"之类的故事。环境与榜样，对成长有至关重要的影响，这是不言而喻的。

　　我在成长过程中，没有遇到过出色的文化人或武夫，倒是遇到过一个特别会做生意的人，那就是我的三舅。在他那个年月，做生意可是"投机倒把"，被抓住，轻则没收货物，重则关"学习班"甚至坐牢。但这也没把他吓住或改造好，如同狗改不了吃屎，狼改不了吃肉一样，他也改不了靠货物交换获取利润的谋生方式。我曾亲耳听他说过："凭这样在太阳下累死累活干一天挣8分钱，想不饿死都难，还有钱吃肉喝酒扇盒盒儿（泡妞）？"

三舅早年做生意时，我还小，没见识过他几乎被传成神话的赚钱奇事。我听到不止一个人说起他把一包香烟换成一个门面的传奇经历：他把烟分零了拿到火车站去卖，卖完后买了几斤当时少有的不凭票买的东西——盐，然后分成小包，拿到乡下去换鸡蛋，再把鸡蛋煮熟拿到火车站卖，几天之内，实现增值几十倍。经过几年，他不仅好吃好喝，还攒下足以买下一个门面的钱，但这个门面除了让他住进"投机倒把学习班"之外，便再没给他带来任何好处。

烟换鸡蛋生意的基础，是人们处于极其困难的情况下，愿意让渡出一些利益来换取急需的东西。这种方法注定只能偷偷摸摸小打小闹。三舅真正的大"闹"，是在改革开放之后。这时做生意已不被禁止，但多数人仍认为这并不是什么正经事。三舅干下了一件至今还令同行称奇的事情：从新疆贩回一列车的玉米，原产地批发价2

毛一斤，发给本地粮食部门，也2毛，但这笔生意让他赚了大钱。很多人至今没搞明白这利润在哪。我也是在他一次酒醉之后听明白的：新疆那边的2毛一斤，是裸秤，到这边，是装了麻袋称。每条麻袋进价2元，售价5元，赚3元，而每条麻袋本身有5斤左右的重量，又可以抵出一部分利润来。每吨玉米可以装出二十一袋，加上麻袋的利润，这样，每吨可以净赚几十元，相当于当时一个大学毕业生一个月的工资了！

我的母亲和当时大多数母亲一样，希望我好好读书考上大学，毕业后可以旱涝保收地领到54.6元的高工资。如果身边没有三舅这样的人，我也许就会认同这是一条光明大道。但因为看到三舅每次出门时肥壮的钱包和由此撑起的豪气，我也自然而然生出些和他一样的计算方式："54.6元，每天1.8元，这点钱够干什么？像笼里鸟儿那点可怜的食粮，吃不饱，但又饿不死，长此以往，连飞的愿望也磨灭了！"

我的这番自以为是的"至理名言"，不仅没得到母亲的认同和赞赏，反而让她把所有罪责都怪在三舅头上，并从此严禁我与三舅靠近，像望子成龙的孟母不允许孟子接近杀猪匠和抬丧工一样。

但她不明白，对于青春期的年轻人来说，最大的引导，莫过于

禁止和反对。因为处于叛逆期的孩子，很容易将这种禁止，当成一种逆向鼓励，从中体会到冲破禁忌和阻拦，挑战权威的小小快感。

我表面上没再和三舅走得太近，但行为上，越来越与他相似。这一点，在我初二那个暑假里表现得淋漓尽致。这一年，我和几个同学开始做起了生意。

我们的生意，是卖凉水。这种东西在 20 世纪 80 年代初很流行，通常是用一张小板凳，上面放上三五个大小不等的玻璃杯，里面装上红红绿绿的水，大杯的 2 分，小杯的 1 分。这些水，有的是用果汁精兑的，有的则是糖精加兑墨精。所谓兑墨精，就是当时用来勾兑墨水的颜料，有红色有蓝色，3 分钱一支，我们通常选择的是红色，往往米粒大一颗，就能把一桶水染得通红。这东西应该是有毒的，我们当时卖的所谓凉水，其实就是加了糖精并稀释了的红墨水。

当时所有的凉水，都是这么"生产"的，这是一种产生于无知状态下的罪过，但当时，我们自己也喝，不明白其中的害处有多大。

由于入行门槛较低，竞争很激烈，我们全班56个人，至少有40个卖过凉水，这还不算别班的。暑假往街边一站，一溜全是卖凉水的孩子，面前放着颜色各异的凉水，场面蔚为壮观。

人多，竞争自然就激烈，客户只有那么多，而供应商却多出N倍，供过于求必然导致市场低迷。一些人于是想出低价促销的办法，原本2分一杯的变为1分两杯，但效果并不明显。这实际上是个害人害己的损招，无论过去、现在，还是将来，都是。

眼见着同学们拼命压价并相互诋毁对方的卫生和安全，并最终导致凉水市场即将崩溃的时候，我无师自通地想出了一个奇招——从卖冰糕的余妈那里租来一个绿色冰糕箱，花钱买了几个冰糕，连包装纸一起砸到桶里，然后往里面无限量加入井水、糖精和兑墨精，投入几角钱的成本，半桶"冰糕水"就出来了。我扯起嗓子乱喊："冰糕水，冰糕水，一杯3分，一杯3分！"那几天天气奇热，我的冰糕水生意奇好，每天至少能赚五六元钱，几天就挣了父亲一个月的工资。这让他多年来一直引以为自豪的8级工（当时最高级别）工资变成一声叹息。

　　虽然是暑假，而且为家里挣了钱，但母亲仍没有忍住对我前途的担忧。不知是因为在她心目中读大学是唯一的人生出路，还是当年当小贩的外公被拉到架着机枪的改造会上去"学习"被吓得小便失禁的教训太深刻了，总之，她不屑于我的"生意"才能。在她看来，做生意的都是劳改劳教出来没单位要的人，不是什么正经人。

　　但妈妈的感觉，我无论怎么也不认同，因为从那几天卖凉水的经历里，我寻找到了诸多乐趣。试想平日，你向一个陌生人借一分钱也是十分困难的事，但当你动脑筋整出一个商品或由头，别人就会心甘情愿把钱送给你，而同行被你一下子比了下去，这是一种智力获得认可的满足感。这种满足感的表达方式，就是钱，而钱是好东西，它可以为你买来一直想要却又买不起的东西，比如，卖完凉水之后，我买下了我盼望已久的各种小人书、象棋、军棋和围棋。就在我努力向一把吉他冲刺时，开学了！

　　开学后，我的成绩一落千丈。我的心其实早已被另外一种生活方式带走了，这不是老师严厉的眼光和妈妈的荆条鞭能改变的。在读完那一年书并拿到初中文凭之后，我在母亲无奈而绝望的眼光下顺利大逃亡，跑到三舅的公司里从销售员做起，开始了自己的生意人生。这一年，三舅已是周边几个县著名的饲料大王，他很欣赏我那年卖凉水的业绩，他说："你从小就是块做生意的料子，你人生的第一笔生意很不错，如果当时用的不是化学颜料兑水，就更棒了！"这句话一直在我耳边，鼓励并鞭策我，做生意不只是赚钱，重要的是讲良心和道义。

故事提供者：颜明宇（生意人）

讲述背景：18 岁的儿子和父亲聊起人生中最重要的一段经历，父亲讲起了这段往事。这让一直梦想去学做生意的儿子释然，在其后填报志愿时，选择了与母亲愿望相反的商学院。

初吻与爱情无关

每个人的初恋都像一个青苹果，既有些甜甜的滋味，又带着点酸楚甚至苦涩。而初吻，作为这一青涩情感的产物，总能在我们的生命记忆里，留下最深的一笔。

我的初吻，在那些酸酸甜甜苦苦涩涩的基础上，还多了一层荒诞与滑稽的色彩，因为它与爱情没有关系，而更像一个荒唐的实验。

1987 年，我 17 岁，像所有十六七岁的小女生一样，感觉自己的身体里有一些跃跃欲试的东西正在萌动。这不独是指身体各个部分发生的那些令人尴尬的小变化，这些变化其实在几年前就开始了，并成为我羞与人言的秘密。特别是每个月那次令人又气又急的疼痛，更是让我感觉自己像是患上了绝症等待死亡的人。其实，这些事，早在初二的生理卫生课本上就有了，只可惜大家满怀期待地等到上那一章时，老师却表情羞涩地让大家"自习"。

那些日子，我感觉自己像个正在变异成怪兽的孩子，每天感觉自己的身体都在发生着不情愿的变化：哪个地方长出了毛，哪里胀痛到刺痛并长成一块小包，还有夜半三更突然惊醒发现被子底下的一片血迹。那种随时随地处于恐惧中又难以与人分享的经历，实在令人难受。

后来，我发现身边的女同学都陆续发生了与我相似的变化。特别是在知道了邻居胖金花的妈妈在她例假时煮西瓜给她吃，也亲眼看到班上一个女生因为裤子湿了放学不敢起身的场景，才觉得自己并不孤单。原来，那些苦恼的变化，并非是我独有的。这种想法，使我很快放平了心态，并且终于敢像别的女生那样，给自己跃跃欲试的胸，戴上胸罩，哪怕有男生在后面悄悄说"武装带"也不退缩。

那时候，我们身边的男生也发生了许多令人惊讶的变化。不知是因为我们看他们的眼光变了，还是别的什么原因，总之，这种变化是巨大而有趣的——他们的声音变得粗涩了，但对我们说话的语气却开始变得温柔；他们嘴上的细绒毛变黑变粗成为胡子；他们不再像小学那样，无论个头还是打架的力量都不是女生的对手；他们喜欢哪个女生，也不再是跑过去打她一拳引起她的注意，而是会送她一本小书或影集，里面用粉红信笺或树叶写上"我们做朋友吧"之类的话，或一句意思暧昧的诗。

　　没有人能阻止一朵花盛开，一如没有力量能阻止一个少年成长。站在童年的边上，我的17岁，充满了对自己和对异性的遐想。这种遐想，来源于无知，来源于周围的人们讳莫如深的神秘，它就是以此为养分，在我小小的身体里疯长着。

　　那时，大人们对这方面，其实懂的比我们也多不了多少。他们时常聚在一起，用借来的录像机和录像带看一些带色的影像。也许他们不想在我们面前暴露自己某方面的无知，于是表现得神秘，甚至神经兮兮。那时候最常见的景象，是一个面色兴奋的男人驮着黑色箱子奔走在街巷里，回家冲邻里几个相熟的大人使个眼色或咬咬耳朵。于是，大人们便不约而同地放孩子们出去玩，即使作业没做完也可以宽限一会儿，有的甚至还给钱买冰棒或爆米花，像送瘟神一样把我们送走，然后急巴巴地钻进某户人家最隐秘的小黑屋子里，看得面色潮红，唏嘘不止。

那些录像在满足了人们的求知欲的同时，也把他们对自己生活的不满意调动了起来。我就曾听父亲在某个深夜对母亲小声叹息："我们这辈子，算是白活了，你看录像里……"母亲轻声地制止他："小声点，隔壁有老人小孩呢！"之后，是他们不约而同的一小声叹息。

我不知道怎样排解那些难与人言的焦灼，甚至不敢向任何人暴露那些让我既感恐惧又暗暗心向往之的小小悸动。班上的男生们，倒没有这样的羞怯与淡定：他们有的偷偷看过只有大人们才让看的录像，有的悄悄抄过手抄本，有的悄悄传阅那些画着裸体女子的世界名画小卡片，有的甚至在自习课时小声地讲昨晚半夜起来换内裤的事……

我所受过的教育，都让我感觉无论我身上发生的变化还是别的同学正在干着的事，甚至我对于此事的种种想法都是错的和坏的。不是怎么想才是坏，而是"想"这个动作本身就是"坏"。这让我内心充满了惴惴不安的羞耻感，在潜意识里，每当触到这样的东西，便本能地将它驱散或如遇蜂蝎地惊跳躲开。

就像越是害怕碰到痛脚却越是要碰到一样，每一次刻意的躲避，未尝不是一次印象加深的提示。躲避与驱散的过程，实际是一次印象的叠加过程，每一次回避的后果，比前一次更严重，一直到压得人无法正常呼吸，扰得人无法清宁。这种感觉，在姜文拍的《阳光灿烂的日子》里得到了充分体现，里面那些被青春之火烧得干出各种奇异举动的少年，其实就是我那个时段的真实写照。而我的初吻，也像电影里那个为引起异性关注而逞强跳烟囱的少年一样，莽撞而荒唐地撞入到我的生命中。

那是漫长暑假里一个无聊的日子，天气闷热得让人想打架，周围的一切像套在玻璃罐子里看到的景物一样沉闷而扭曲。我躲在电影院里，啃着大冰棍，吹着从防空洞里抽出的凉风看电影。那是一部把观众当弱智的烂片，其剧情、演技和拍摄手法之烂，真如把一只生了蛆的腐烂老鼠拿到你眼前晃，让人忍不住要逃开。哪怕是离开清凉的影院，重回到燥热的街道上，也在所不惜。

我在大街上百无聊赖地逛着，逛到了一家小书店里。不知是天气太闷热还是刚才的电影余味太烈，我有一种难以定神的感觉。我恍惚着从一排排书前飘过，只觉得花花绿绿，都是浮云。

在书架的尽头，有一本书的名字如一个惊叹号般地撞进我的眼睛——《男人，一本给女人看的书》。我不知道这本书的书名因为什么吸引了我，也许暗合了我心中的某种想法。我趁周围的人不注意，小心地把书拿起来。

　　但我这个自以为隐蔽的动作却被另外一双眼睛盯住了。我听到耳边一个轻细的声音在和谁打招呼："喂……"

　　我不确定这是在和我打招呼，但手却迅速地把书塞了回去，像一只刚触碰到奶酪却又被惊吓的老鼠。

　　又一声"喂"。

　　这一次我确定是冲我来的，因为旁边没有其他人。

　　我回头看，一个和我年龄相仿的男孩，正脸色通红地在冲我点头。他留着当时最流行的中分头，面色洁净，毫无威胁。

　　他压低声音，仿佛地下党在接头一样小声说：能不能帮个忙？

　　他的样子实在太没有攻击性了，以至于让人心生怜意地想帮帮他。于是我问：帮什么忙？

　　他说：刚才那本书，你也喜欢？

　　我赶紧摇头。

　　他说：我看见你看了。这书其实是两本一套的，一本是写女人，给男人看的，一本是写男人，给女人看的。我偷偷看了很多次了，很棒。但老板只按套卖，而我只有一本的钱，而且，我也不好意思去买女人那一本。你能不能也买一本？我们凑成一套，付钱时，你拿写女人那本，我拿写男人那本，免得老板说我们，这样好不好？

　　我也不知道自己是哪根神经被他抓住了，居然答应了，而当时我的口袋里正好有七元五毛钱。我们俩像干一件天大的事情，大气不敢喘地到老板那里付钱。老板连看都没看，收钱盖章交货，把我们两个忧天的"杞人"意外得舌头都吐了出来。

　　真正严重的问题是出了书店之后才发现的——夏天衣服穿得少，也没带包，我们这一男一女手里各拿着一本"生理百科书"在大街上走，似乎太惊悚了一点。而且，这样拿回家，后果简直不敢想。这时后悔已来不及了，要怪只能怪这让人昏头的天气，还有那部让人失去智商的烂电影。

男孩似乎也意识到问题的严重性，他想了想，说："我知道一个地方，可以躲着看书，还可以把它藏在那里。"

我无可奈何又充满好奇地跟着他走，进了公园，爬上老木塔，在写着"游人止步"的最高层，他用手一扯，就拉开了看似坚固的门锁，我们就到了塔真正的最高层。这是一个能容下两个人的小小空间，东西向开着窗户，时有轻风拂过。

我至今都怀疑那一天的一切物象，包括那个可爱腼腆的男孩，也许只是我一场恍惚的春梦。我们坐在那里看着书，并试探性地问一些自己感兴趣而只有对方能回答的问题，以印证书上写的内容。在问与答的过程中，我们从对方的眼神中读出了期待，读出了默许，读出了跃跃欲试，并最终在夕阳即将沉没于西边的黛色山影里的时候拥抱在一起。我不知道究竟是谁主动的，我只记得我们的嘴唇碰在一起后，由始至终都没有动过。即便如此，我们慌乱的心跳声，足以将整个世界震荡得波纹飘荡，这种震荡的感觉一直持续在我心中，至今未息……

　　后来，我再没见过那个男孩，仿佛他从未来到过这个世界。公园塔顶倒是又去过几次，但无论怎么拉扯，锁都再也没有开过。

　　故事提供者：陈云菲 (家庭主妇)

　　讲 述 背 景：无意间看到女儿与侄女躲在房里看两性之间的纪录片，孩子们看到大人进来，也没躲闪和逃避，这让她想起自己那个躲躲闪闪的青春期里的一段往事，不由得感叹时代的进步与开化。

和妈妈的谍战

1987 年，我 16 岁，这一年，我与母亲打了一年的"谍战"。虽不说像真正的谍报人员那样步步惊心，随时都经历险过剃头的严重情节，但在青春期那些刚刚开始把隐私作为个人尊严底线的年月，这些"斗争"也确实承载了我太多的喜怒哀乐。那些情绪，曾让我发自于内心地担惊受怕，甚至羞痛交集。直至我当了母亲，并有了与当年的我年龄相仿的儿子时，才稍有释怀。

十五六岁的少年与孩童时代相比有许多显著变化。我最大的变化就是不再爱向父母提及自己的事情，无论是晚饭时在餐桌前还是

临睡前与母亲的交谈。这两个时段曾是我和母亲交流和谈心的重要时间段。母亲是个特别重视与孩子沟通的人，也许是因为父亲早年离家出走对她的打击太大，她很不容易信任别人，这也造成了这样一个局面——我是她唯一的倾诉对象和倾听者。从我懂事开始，我家的饭桌前就决不开电视或收音机，母亲说不让外面的信息来干扰我们的生活，她把这种交流看得很重。16 岁之前，我也很享受母女间这种无话不聊亲密无间的感觉。

但自从无意间和母亲聊起有个男生常借书给我，还总在我需要帮助的时候恰到好处地为我提供帮助，让我觉得很贴心很感动的时候，母亲没有像往常那样，顺着我的喜悦往下聊，而是有些神经质地义正词严地让我不要和那个男孩交往，因为那些无微不至的关怀，包藏的是显而易见的祸心——男人用 100 天来讨好女孩子，女孩子要用一生来还这 100 天！

母亲显然是在用自己的人生悲剧积累下的经验来看待我的生活，但我不愿意自己对世界的看法，被她那冷漠与怨恨多于爱与宽容的人生经验框在一个灰暗的世界里。一个从别人的善意举动中轻易看出不善甚至敌意的人是可悲的，他会丧失许多人生乐趣。对于一个刚刚开始人生的全新生命来说，受伤，本身也是一种财富和经历，没有人能够代替，即使她是最爱我最担心我的母亲，她也不能成为我的脚，代替我走完属于我自己的道路。

自从那次交谈，母亲急火攻心地让我不要再和那位男生交往之后，我和母亲的聊天内容，无论质量还是数量，都大幅度下降和减少。我不再是那个无论捡到一块橡皮还是得到一颗糖果都会急惊风地向妈妈报喜的幼儿园小孩子；也不再是那个受了老师批评或没考赢同桌而向母亲诉说委屈的小学生；更不是在生理周期来临时如遭遇世界末日般向妈妈求救的初中小妞。我开始有了秘密，这秘密就是——对于那个男生所献的殷勤，我有一种小小的喜悦和幸福感，因为他不仅长相帅气，举止潇洒，而且还不像别的小男生，自以为是地装阳刚耍帅，故意对女生冷漠。他看我时，眉眼间总有一种让我感到温暖和羞怯的神韵，伴随这种神采到来的，是班上女生们失落一地的沮丧和嫉妒眼神。我承认，对这种被众人羡慕嫉妒恨的感觉，我感到有些小小得意。

正因为如此，我不愿意履行对妈妈的承诺：不再与他交往。而为了不让母亲知道，我对母亲的信息壁垒逐渐开始形成，并逐渐形成一个城堡，将自己那点小秘密严密地包裹起来。

母亲从我的信息静默中察觉出了异样，在无数次貌似坦诚其实是希望我坦白的交谈中，她焦急的询问都被我温柔地反弹了回去，她开始对我使用"秘密手段"。

最初，她使用的是最传统的盯梢和"突然降临法"：或偷偷跟着我看我上学路上干了些什么，或在放学路上假装偶遇突然出现在我身边。这些手段她早在我小学和初中时就用过了，也确实抓到过我乱买零食或和同学在街边踢毽子不准时回家之类的"违法行为"，但对于高中学生来说，这招却没多大用处，一是因为她的招数太古老，而目标又太远大；二是因为像我这个年龄的女孩子，怎么可能在上学和放学路上有什么异常举动？她愿意看到，我还不愿意做呢。能在大街上干的，还叫什么秘密？

跟了一段时间，老妈一无所获。这种结果只有两种可能：一是我确实没有什么秘密；二是我有秘密，但没有被她逮住。她显然更相信后者，于是对我实施更新一步的侦破术：在我身边安插"卧底"。

老妈的"卧底"，是我的表妹雪茹。她以一件高领拉毛衫和每周2元钱的活动经费为代价，让雪茹留意我的动向和思想，看看我干没干什么不合规矩的事，特别是交没交不适合交的朋友。雪茹与我在同一所学校读书，我们在一起的时间很多。

显然，老妈高估了她付出的酬劳的价值，低估了我与表妹十多年的交情。最重要的是，她不知道表妹需要向家长隐瞒的事情远比我需要隐瞒的多 N 倍。她对我，巴结讨好求帮隐瞒还来不及呢，怎么可能自杀性地去当密探惹我生气？所以，在老妈找她之后的十分钟内，我便知道了这一情况，并和她分享了用"线人费"买的冰棒。当然，为了让老妈不起疑心，我也允许她向母亲透露一些过时的"情报"，比如，我偷偷买了什么课外书，或用膏药补破袜子之类的事情，让老妈心满意足地以为"一切尽在掌握中"。

这种情况持续没多久，母亲就感觉到不对劲了。表妹给她的情报，与她需要的完全不对路，无论质和量，都存在巨大的落差——此时的母亲，如同饥饿的老虎，需要一头小牛来充饥，而表妹送上的，却是一只南瓜或几颗白菜，这哪成呀？

于是，母亲开始从另外的渠道着手：偷偷翻看我的书包，查看我与同学的明信片，从上面的邮戳和地址推测信息，甚至还无师自通地用开水壶的蒸汽配合刮胡子的刀片打开了我未拆的信件，看完之后原样封回去。但这些，除了让我们母女之间的不信任感增强之外，便再无别的用处。

事实上，母亲所看到的我的小学和初中同学的来信，除了嘘寒问暖，和小小的怀旧以及偶尔的为赋新词强说愁的青春感叹之外，便再无别的东西。但她却将其作为挖掘我思想根源的一种依据，寻章摘句、浮想联翩、捕风捉影地构建出她想象的我的精神世界：令人担心，甚至不拯救立即就会坠入深渊般充满了危险。这当然是我所不认同的，我当时的感觉，就是她太啰嗦多事，杞人忧天。而且，从她在教育我时说漏嘴的只言片语中，我察觉出她对我的偷窥，本能地生出一种反感。

　　为了证实她是否偷看了我的信，我用左手给自己写了一封信，邀请自己三天后放学去电影院看当时很火的电影《霹雳情》，并唾沫横飞地描述那电影里感人至深的爱情情节……

　　信寄出去之后的第二天下午，母亲若无其事地把信交给我，说传达室送来的。我回到房间一查看，我特意做的几处记号，包括信封口上不起眼的蜡滴，信笺里包着的一根头发，信笺对折处一小滴胶水，都不翼而飞……

　　不出所料，第二天，也就是信里约定去看电影那天的中午，母亲吃饭时叮嘱我下午放学去姥姥家做作业，并语重心长地对我说："不是所有电影都适合青少年。"那一刻，我瞬间石化了，母亲的形象像一尊石膏雕像，碎落一地。

　　之后很长一段时间，我和同学们通信，都选择了一种间谍的方式：

通常是一张信纸，正面抄一首无关痛痒的青春励志诗或朦胧诗；背面，则用米汤写着我们要表达的真实内容，其实也无非就是哪个同学过生日，哪里有演出或谁又说了谁的坏话，谁被老爸老妈骂了之类属于青少年的青春八卦。收信者只需要用棉签蘸点碘酒一涂，字便可以清晰地显现出来。这样的通信方式，着实瞒了老妈很久，害得她不明就里，天天拿本朦胧诗在那里研读，险些成了一个诗人。

和老妈的谍战，决不仅限于这些。在很长一段时间里，我一直怀疑甚至焦虑过她偷看了我的日记，虽然我特意买了加锁的日记本，然后用一把结实的大锁将它锁在书柜抽屉里，但我还是不放心。写日记时，在写到我认为犯讳的重要内容时，经常忍不住要用拼音，或用英语，或用英语所对应的字母来写一大段话，有时甚至写上几句违心的哄老妈的话语。我不确定她是否有办法看懂，但这种担心一直存在，并融入到了我的血液中。

多年后，我们已无须为那些算不得什么秘密的"秘密"纠结介怀时，我忍不住问老妈："你坦白，当年有没有看过我的日记？"

母亲一扶老花镜，正色说："你那些写满字母和数字的天书有啥好看的嘛，我没看！"

说完这话时，我们都笑得喘不过气来。

故事提供者：陈洪敏（自由职业者）

讲述背景：由于对儿子的动态很好奇，时常通过儿子的微博和 QQ 空间了解他的行踪及想法，引起儿子的不满。儿子抗议说，如果老妈再在空间里窜来窜去，就果断拉黑。于是，就有了这段对往事的回忆。

刀尖指向父亲的胸膛

　　直到多年后我当了父亲，才懂得父亲那一刻的大义凛然里，深藏着的是一种什么样的绝望。这也使得我对自己的行为追悔莫及。我多么希望14岁那一年某个夏日的黄昏，从没在我生命中出现过。但1988年的夏天，不以我的意志为转移，如一个惊叹号，惊悚而突兀地凸立在我的记忆中。

　　就像很多同龄人一样，我对父亲的感觉是惧爱交集的，在很大程度上，惧所占的比例远高于爱。与别人不一样的是，在这大比例的"惧"与小比例的"爱"之间，还掺杂着成分不低的漠然。

我出生之前，父亲就在省城工作，而我母亲在 70 公里之外的小县城生活。父亲每星期骑车回家一趟，我对他的记忆只有三件事：给母亲拿钱，把水缸挑满，把熟睡的我从妈妈床上抱走。前两件事，至少在当时我觉得对我意义不大；而第三件事，则让我有一种痛苦和愤懑的感觉。我至今还记得当年偶尔从梦中醒来，看到孤星冷落的窗外，蝙蝠像抹布一样在蓝黑的夜空中飞舞的场景，我心中的恐惧与被冷落感凝结成的，是一种被抛弃了的孤愤感。我心中暗暗恨着抱走我的父亲，也恨同意父亲抱走我的母亲。我心中所在乎的，不是方寸之间的一小片床铺，而是爱。

这些如今想来觉得有些滑稽的感受，却是我成长岁月中支配着我喜怒哀乐的真实想法。这些想法太负面也太消极，它像一朵阴云，阻挡了我全面地看待父亲与我的关系。作为一个年近四旬的男人，他身上担负的工作与生活的压力，使他也拙于表现自己的父爱。那时的我根本不懂，仅每个星期来回 140 公里的回家路程，就需要多大的爱意去支撑，这还不包含那些从车后座上取下来的用饭盒装着的只有省城才买得到的美食。他平时在单位很节俭，所有的奢侈品，都会留到周末和家人一起分享。但这些深藏在细节背后的情感，又怎么可能被一个不谙世事的懵懂少年体会到呢？我能感受到的就是父亲从来不像别人的父亲那样陪儿子去看电影或游泳，或在孩子受到欺负时冲出来守护，或为儿子做一艘船模或猫头鹰风筝。

我把自己所拥有的父爱与别人的父爱进行了不切实际的比较，这就如同拿圆的特征去框定方，得出来的结论当然是负面而不切实际的。而这种感觉支配着我对父亲的感情，始终是不冷不热不温不火的，这使得父亲对我，也多少有些失望，总觉得这孩子与自己离皮离骨，不像别家孩子与父亲那样熟络熨帖。这种感觉，使他对我的亲密感也大打折扣。我们俩的感情，也就像一对反函数曲线，渐行渐远，各奔东西，直到14岁这年夏天一次火星撞地球般的撞击发生。

所有的家长，都把"叛逆期"看得既严重又恐怖。但孩子们并没有这种感觉，他们甚至不明白父母如临大敌的心态来自于哪里。难道不按父母教的思维方式和行为逻辑行事，是那么可怕的事情？父母们已习惯于孩子们像遥控机器人一样，顺着他们的指令和愿望向前向后向左向右，沿着他们所认定的"为你们好"的思想去学习、去生活。这样的逻辑，是使孩子们成为大人们的翻版，而非他们自己。事实上，父母们在他们父辈的身上，早已经历过这样的纠结与轮回，而且也证明是无效的。而父母们并没从与上一辈的挣扎与博弈中，总结出教训，而是自以为是地觉得自己摸到了窍门，于是要加诸儿女们的身上。这样的轮回，一代又一代地进行着，从没停息过，成为青春期一个永恒的主题——父母希望孩子成为他们希望成为的人；而孩子们希望自己成为自己。这两个目标之间如果差异不大，就不会引起太大的矛盾，而一旦差异过大，就会惹出巨大的麻烦来。

与父辈思维、想法的差异，大到学什么专业报考什么学校选择什么样的人生道路，中到对一部电影一首歌一种发型一个社会现象的看法，小到洗脸应该先洗额头还是耳背后，牙膏应该从中段还是尾部开挤，洗锅应该从锅底还是锅沿开始等等。这些小得根本微不足道的争议，总能发酵出一大段令人头大的唠叨，父母们称之为教导，而孩子们则视之为啰唆和不信任。双方很难说谁完全对或错，因为双方都能找到例子证明自己是对的而对方是错的，但双方都选择性地记住自己的"对"和对方的"错"，于是就不断地固化了对方的形象，彼此恼火。父母觉得孩子们不好管教，而孩子们则认为父母不信任自己，自己怎么做也得不到认可，于是，要么阳奉阴违，表面服从内心坚持；要么干脆与父母的期待反着来，即便心里知道父母的想法是对的，但仍然以拖延、漠视甚至反向执行，来表达对父母意见的不认可。这是一种渴望独立的叛逆愿望，它反抗的不是命令的内容，而是命令这个举动本身。

　　在很长一段时间里，我与父母相处的心态，就是这样的。我的母亲，在受到我的无数次抵抗之后，渐渐退出了与我交锋的第一战场，而将这个艰巨的作战任务交给了父亲。这时，父亲已从省城调回了老家。为了过上正常的家庭生活，他放弃了一直引以为荣耀的"省属企业"职员身份，进入"县属企业"，各种待遇及心理落差使他满怀憋屈。在这样的心态下，接受母亲的哀叹和抱怨，其后果是可以想象的。我为此挨过数次的打，而打对于一个处于叛逆期的孩子来

说是没有任何正面意义的，反而让他原本并不太清楚的世界观上再蒙一层羞愤，而这羞愤对于一个对人事半懂不懂的孩子来说，无疑如同把水洒进油锅里，其后果可想而知。

在隐忍了数次之后，我与父亲人生中最大的一次冲突，在意想不到的时间以意想不到的方式爆发了。

那是一个夏天的黄昏，我从外面游泳回家，看到母亲正坐在屋里抽泣，其时正值饭点，各家各户厨房里都传来炒菜的香味。我一看便知是父母吵架了，每当这个时候，母亲都无心做饭。我于是准备淘米煮饭，打开炉子才发现火熄了，于是就去劈柴生火。忙活了半天，终于把火生燃，人也变成灶神一样。这时，父亲回来了，面色涨红、浑身酒气。他看到满屋的烟和夹生的饭，我看到酒足饭饱的他，都不约而同地愤怒了。他一脚踢开地上的板凳，说："教了你多少次，生炉子要放到走廊里，免得烟往屋里灌，你就是不听！说那么多次，一头猪都懂了！"

我心里万分不痛快，冷不丁地还嘴："你那么会生，怎么不生？跑出去喝完酒还撒酒疯！"

我的话彻底激怒了他，他飞起一脚，踢在我屁股上。屁股一震，不算疼，但心里的委屈与愤怒，终于决堤。

我右手抓起菜板上的刀，觉得还不够，左手又抓起另一把刀，刀尖直指父亲的胸膛。

父亲惊愕地看着我，母亲尖叫着扑过来，拦在我们中间，邻居听到争吵也跑了过来。

我不确定自己是否真有勇气向自己的父亲下手。而母亲和邻居的介入，却起到了很好的缓冲作用。大家把我和父亲间隔开，而此时，我也就可以肆无忌惮地挥着刀对他叫喊几声，发泄多日以来郁积下的不满。

父亲看着我，眼神里透出一股要主动迎向刀口的大义凛然。

我们对峙了不知多久，外婆赶来了，手里抱着剃着光头的小表妹。她叫我放下刀，我也觉得两把刀在小表妹的头上晃来晃去太过于惊悚，于是丢下刀，扑到外婆身上，哇地哭了起来。

事后几天，在母亲和亲人们的劝导下，我终于答应给父亲道歉。当我对父亲说"对不起"时，父亲坐在床上，孩子般大哭了起来。哭着说这些年生计的艰难，哭着说养我的不容易，哭着说我这个举动对他的打击。那天他喝酒，不是因为和母亲吵架，也不是贪图快活去吃独食，而是在那天，他被通知下岗了。

母亲说："认识你爸二十年了，只看他哭过两次，上一次，是你三岁时患麻疹肺炎，昏迷两天不醒的时候。都是因为你……"

　　故事提供者：甄酌（媒体人）

　　讲述背景：13岁的儿子在饭桌上讲，有一位同学的理想是学好武功，长大向父亲报仇。由此引发对往事的回忆，借此向孩子们传达父辈与儿女因沟通不畅带来的纠结与困惑。

与衣服较劲的那些日子

从 13 岁开始，我就和衣服较起劲来，这种较劲，几乎贯穿了我的整个青春期，成为我青春岁月的主题词。

我永远记得自己第一次想要"由自己决定穿什么"的情景。此前的十多年里，我的衣服，要么是捡表哥们的，要么是父母单位发的工作服，这是我们那个时代同龄人更新衣服的主要方式。但这种方式在坚持了十三年之后，遭到了崩溃式打击——那天，学校集会，我和同学在队列中小声说话被老师发现，老师尖锐地喊着我的名字，说："你穿件花衣服，在队列里晃来晃去，现眼啊？"

作为一名差生，这句呵斥只算得上是家常便饭中不起眼的一碟小菜，平时我也没少尝过。但是，今天他提到了我的衣服，这是我最不愿被人提及的伤疤。这件衣服，是妈妈单位发的工作服，她为了让我能穿出门，特意将有些暗花的衣服染成黑色。但染的颜色在无数次的清洗中渐渐褪掉，把我忌讳的"花"露了出来。而我，一直以一种侥幸的心态，期望大家"看不见"，但遗憾的是，人们不仅看得见，还因为一次小小的违纪，被老师血淋淋地点了出来。

那天晚上，我哭了一夜，咬紧牙关向妈妈提出："今后我的衣服一定要自己选！"我坚决不再接受他们强加给我的任何衣服。

妈妈看着我凄惨的表情，想了想，就答应了，但提出约法三章：第一，不许选奇装异服；第二，不许选太贵的衣服；第三，只许买耐脏的黑色或蓝色的。

虽然限制很多，但相比于充当"垃圾桶"，无条件接受各种旧衣物，已算是前进了一大步。只要不被逼着穿那些被人取笑的淘汰产品，让我干什么都行。

但想法与现实并不一样。当我拿着妈妈交给我的15元钱跑到服装一条街去溜达时，顿时感觉到理想与现实的差异。15元，这笔相当于妈妈一个月工资四分之一的"巨款"，在那条刚刚兴旺起来的小街上，就如同一粒盐掉进了水缸里，微弱到可以忽略不计。而我走进那条现在回想起来已非常落伍的"初级阶段集市"，却如同阿里巴巴进了大盗们藏宝的山洞，各种闻所未闻见所未见的好东西，如飓风扫落叶一般，把一种巨大的"不满足感"冲入我心中，让我在大开眼界的同时，对自己的生活现状产生了强烈不满。

　　照说，按当时的物价，我手中的钱买一件时兴的运动衫是没问题的。但由于此前"欠账"太多，加之老师的一声棒喝，我感觉自己缺太多太多的东西——外套、内衣、裤子、鞋子、帽子、书包、皮带……这些需求，像一群疯狂而饥饿的野兽；而我口袋里那15元人民币，则像一只瑟瑟发抖的可怜小羊。我那时的惶惑与不满足感，是可以想象的。

　　当时还没什么名牌概念，最贵的西服，也不过七八十元。那时的服装制造商们，借着人们崇洋的心态，随意取些

外国名字，他们的衣服便可以卖得风生水起。什么"加士拿""墨尔登""高尔夫"，都成了服装品牌。这些出自于离香港最近的珠三角乡下裁缝们之手的挂着各种洋名字的衣服，成为当时的潮流与时尚。香港的"港"字，成为当时潮男潮女们的形容词，挂在各种渴望时尚的人嘴边上。

那些衣服是我所买不起的。买不起，而硬要认同那个标准，就是一件痛苦的事。这时候，我们无师自通地学会了用阿Q的思维方式来解决所面对的困惑：将我们买不起的那些东西，都当成一种非我族类的丑东西。这种"吃不到葡萄说葡萄酸"的心理，很巧妙地将"买不起"变成了"不屑要"。这不仅解决了我们心情不好受的问题，更重要的是，在我们周围形成了一个小小的气场，一群境遇相近的人因某种共同特性紧密地联结在一起，让单个的虚弱个体变成了强大的群体。我们就是凭此，用一大堆军用挎包打垮了班上刚刚冒头且有些不可一世的皮书包。

我的15元钱，最终依照这个原则，买了一件"公安的"衣服。所谓"公安的"，就是一种染成蓝色的"的确良"仿公安制服。这种化纤衣服现在已绝迹，但在当时绝对是半大小毛头们向往的一种装束，它拉开了我自主选择衣服的纠结旅程。

我家乡的"的确良"热，是被一个外国人给灭掉的。那是一个货真价实的外国人，金发碧眼，不知来自美国还是欧洲，是来帮县氮肥厂安装设备的。他每次出行，都会引起人们倾巢出动围观，比春节追龙灯还热闹。和人们交往久了，他在一次聊天时提出了自己的困惑："你们中国人，为什么上班时穿得好，而下班时穿得不好？"他所指的是，工人们上班时穿劳动布衣服，下班时穿化纤衣服。在他看来，纯棉制作且越洗越白的劳动布，比脆弱的"的确良"好。

这来自货真价实的外国人的意见，直接改变了小城人们的服装品味。一时之间，劳动布工作服络绎出现在大街上。

越来越渴望受到人们关注的我们，远远不满足于把工作服原样穿上街。我们已开始有了自己的标准——衣服一定要有旧的观感和质感，还要有熨帖时尚的样式，这恰是工作服所不具备的。工作服就是为了工作方便而特意做得宽松肥大，往我们瘦弱的身上一套，俨然是往竹子上套条麻袋，从上到下都写着"不靠谱"。因此，我们决定去找人帮忙改，但到服装店一问，工钱比买新衣服还贵，于是就决定自己动手改。那时，家家都有缝纫机，我曾帮母亲做过编织袋，于是就以熟手自居，壮着胆子拿新工作服开练。听说裤子更好改一些，就趁父母都不在家的一个下午，选一条无辜的新工作裤下手了。

　　我的目标，是做一件外国人穿的牛仔裤。依我的观察，那裤子最大的特点便是"紧"。这还不容易吗？把裤子拆开，把每块零部件沿周边剪小一圈，再原样缝好就成了。我为自己的聪明暗自激动了一回。不料，我为这轻佻的小聪明，付出了惨重代价——我和我的这条裤子，成为所有同学怀旧时必提的一个笑柄，一笑几十年，长盛不衰。

　　当我匆匆忙忙地把裤子缝起来，就像拼好了世界上最难的一幅拼图那样，长长地出了一口气。仔细端详那条改过后的工作裤，我相信这条裤子如果有妈的话，恐怕连它妈妈也认不出它来。两条粗细不匀的裤管，还长短不一；没有锁边的裤缝中毛茸茸地露出长短不一的线头；裤腰依旧很大，像个畸形的蝌蚪张着大嘴、拖着两条病态的尾巴……

　　我被自己神奇的破坏力震惊了。但这还不算悲剧的结尾，它甚至连高潮都算不上。真正的高潮，是我居然打算以"有特色"为理由，安慰自己，并说服自己，艰难地换上它，走了出去。鼓励我这么干的，有如下几个理由：一，县里几个唱歌的年轻人，曾穿着撕掉了袖子的衬衣在街上走；二，几个写诗的大哥哥，在膝盖处故意剪出个破洞；三，在重庆学美术的三哥，把一条裤腿剪下来套到头上，就成了一顶帽子。他们的特立独行，不仅没受到派出所和居委会老太太的干涉，还因为"有特色""有个性"，在小毛头们那里迎来了阵阵的尖叫声和口哨声，这在当时就算是最彻底的赞同了。

我和我的特色裤，并没有那么好的运气。人们用一系列捶地喊肚痛的动作，击碎了我惴惴不安的侥幸。连最厚道的人，都以一脸强忍的坏笑，同情地看着我……

那不是我最后一次与衣服较劲，但绝对是最糟的一次。正因为这个教训，我在刚参加工作的第一年，每月用九成以上的工资，拼命去买衣服，改变自己的装束，想以此找回自己当初被那条变态裤子丢掉的脸，也想以服装的改变，向人们证明我与以往的不一样。这种心情，一直持续到我结婚并当上爸爸……

故事提供者：虞静松（职员）

讲述背景：妻子不断抱怨儿子在衣着上越来越不服管束，喜欢的东西越来越"非主流"和怪异，恨不能将头发染成八种颜色，以显示与众不同，希望父亲出面管管，遂引出这段回顾。谁又说得清，所谓的"非主流"，是不是年轻人初入社会渴望被认同而又不得其法的焦虑呢？

致命的"友谊"

　　在认识金花之前，我不知道世界上有一种友谊是有毒的。它宛如外观花哨的毒蘑菇，在鲜艳的外衣下包裹着的，却是足以致命的东西。它使我在相当长的时间里，将"友谊"这个词打入另册，心怀担忧和恐惧。

　　金花转入我们班，是高中二年级的事。那一年我16岁，像所有同龄的女孩子一样，简单而纯粹，一双没被污染过的眼睛里，看到的都是明媚而阳光的一面，就像一只放养在没有天敌的花园中的兔子，对世界没有基本的心机和防范，总相信这个世界只有暖洋洋的太阳和甜滋滋的风，没有阴雨闪电，更没有大灰狼……

金花最初就是以阳光的形象进入我和同学们生活的。她五官漂亮，身材姣好，头发柔顺，脸上和嘴唇上总有令人愉悦的红晕。和她交往之后才知道，这一切都不是平白无故生长出来的，而是经过了精心而细致的捯饬——头发的柔顺是烫出来的，而腮和唇的红晕是化妆化出来的。这些，在 20 世纪 80 年代中期的内陆城市，绝对是新潮而前卫的。当时，主流的审美趣味还停留在烫大波浪、涂血盆大口，而学校是不允许学生烫发、化妆的。

金花以低调的奢华，轻易打破了严禁烫头和化妆的校规。她说她的发型和口红，都是香港最流行的，她是在深圳玩时体验到的，这才叫洋气，不像内地的艳丽和重口味，整个一个"俗"。她没说的是，她之所以在原学校混不下去，也与这次"不俗"的旅行有关：与她一起去的，是一个和她父亲年龄相仿的男人。这当然是很久很久之后我们才知道的。

金花不仅好看，而且大方。她总能从书包里拿出令我们尖叫和唏嘘的东西，要么是一盒原装的港台歌星的录音带，要么是飞机上吃的口香糖，要么是一瓶进口香水或发夹。这些都是我们用钱都买不到的东西，而她，总是在我们惊呼和赞叹之后，分送给我们，让我们对她，像对圣诞老公公一样既崇拜又倍感亲切。在很短的时间内，全班的女生将她奉为偶像，不知不觉地对她进行膜拜和效仿。

在所有女生中，她对我最好。其他几个长相还算漂亮的女生，也跟她关系不错。最初，我天真地以为，这是物以类聚的原因，漂亮女孩子喜欢跟漂亮女孩子一起玩，这很正常。这样的友谊，受人嫉妒，也很正常。但事实的真相，并非如此。

母亲看到我书包里莫名增加了许多新鲜玩意儿，询问我是不是收了别的男生送的东西。她一再叮咛，千万不要收异性的东西，以免产生不必要的后患。因为金花不是男生，我对她的叮嘱和担忧不以为意，甚至认为她的担心和忧虑都是杞人忧天。母亲最初问时，我还会勉强敷衍两句，最后问得多了，我就沉默不理，或干脆不耐烦地吼出一句："是朋友送的，人家是女的！你该放心了吧？"

母亲听了，不仅不放心，还不无焦虑地说："朋友？朋友如果整起人来，更凶狠！"

我对她如此看待朋友和友谊感到不可思议，认为她把世界看得太黑暗和绝望了，而她则对我把世道和人心看得太美好太简单而忧心忡忡。权衡再三之后，她给我讲了一个久远的真实故事。故事的主人公陶姨是她的一个朋友，那时陶姨刚参加工作，相貌出众人也开朗可爱。她和另一个女孩关系很好，她们吃住在一起，出双入对，如胶似漆。但她不知道，那个女孩为了讨好厂领导，而承诺帮他接近她，屡次撮合不成之后，在一个月黑风高之夜，女孩悄悄打开房门，把领导换了进去……

后来她怀孕了，不得已嫁给了比自己大十几岁的领导，不开心不幸福地过了大半辈子。

母亲这个故事，使我寒毛倒竖了很久。但我依然觉得，这极可能是她为了不让我与金花交往，担心影响我的学业而编出的恐怖故事。我不相信这种只有小说中才有的情节，会被我碰到。而且，用别人的失败友谊故事来否定自己的友谊，本身就是一件荒唐的事。

在我接受的教育中，"友谊"这个词，是不容置疑的褒义词，它代表着人间至美至纯的情感之一，无论童话还是课本或是同学之间的留言，无一不是表现它积极和美好的一面。在这些教育里，唯一没有的便是"交友不慎"这个概念。而多年以后我看过的一条新闻显示，在走向堕落和犯罪道路的少女中，80% 是因为误交了坏朋友，而其中最具欺骗性和杀伤力的，都是同性。

金花一如既往地大方，一如既往地向我们展示一个新奇而陌生的世界。那个世界充满了各种奇异的诱惑，加上她豪爽而富有感染

力的渲染，使得我们对她的信任和对"友谊"这个词的好感，都达到了前所未有的程度。她对我们，也像大姐一样的呵护与贴心。她不仅给我们提供各种新鲜玩意儿，还给我们各种让我们脸红耳热的书籍；在我们被别人欺负时，为我们出头；在父母不理解我们时，听我们倾诉，并陪我们一起叹息和伤感。在这一系列的交流中，我们的价值观与喜怒哀乐，渐渐与她同步。在她半调笑半认真的鼓励下，我偷偷喝了第一杯酒；在她戏谑的"敢不敢"的怂恿下，我第一次抽烟；我们在"友谊"的旗号下，与她保持着各种各样的一致。在这种潜移默化中，我们对自己越过了各种学生不能逾越的底线都浑然不觉。

在金花的带动下，我们学会了跳舞，学会了和跑来摸我们腰的男生嬉笑打闹，学会了跟陌生异性一起吃饭喝酒，学会了收异性送来的各种东西时心安理得，甚至主动暗示他们去给我们买想要的东西……

金花说，这是女人的魅力。但事实上，这并不是什么魅力，而是一只只伸向无知鱼儿们的诱饵。当鱼儿把这些鲜美的东西吞进肚里时，才知道那里面装着什么。

我看清鱼饵的本质，是因为与金花交往了半年之后发生的一件事。那天，她带着我和另一个叫小敏的同学一起去一家重型机械厂的男工宿舍，说那里在举行一个好玩的聚会。我们走进那幢红砖筒子楼五楼最偏僻的一间寝室，里面已经有四个衣装怪异的男青年正在喝酒。我感觉氛围不对，想走。金花问："敢不敢坐下喝一杯？"这话激得我和小敏都坐下了，大家开始喝酒。起初喝酒还算正常，但不久，碰杯成了抓手，猜拳变成了袭胸。几个回合之后，四个男青年瞪着血红的眼睛，向我和小敏扑过来。金花在一旁安慰我们："迟早有这么一回事，你们会喜欢的！"

我被他们抓住双手，完全没能力反抗，只感觉无数双手在我身上抓扯着。昏黄的电灯就像魔鬼邪恶的眼睛，在空中疯狂地旋转……

小敏的劲比我大，她挣脱了，蹿上阳台，大喊救命。金花和两个男青年拼命拖她，抓扯中，小敏从阳台上坠下楼去。

小敏付出腰椎骨折的代价，救下了无力反抗的我。而我，用一辈子的屈辱和噩梦，认清了金花的"友谊"。在公安局，她交代，她是收了别人的钱，答应领几个女孩来玩；此前，她已这么干过几次。她因此在少管所待了三年，出来之后没多久，她带着几个男女，喝得很醉地出去玩，结果死于一场车祸，成为另一条社会新闻的主角。

故事提供者：徐莉敏（教育工作者）

讲述背景：16岁的女儿对一位比自己大2岁的学姐崇拜得五体投地，总觉得对方各种各样的"范儿"十足。女儿举手投足间刻意模仿该学姐，引起母亲的担忧，并引发了对这段往事的回忆。母亲希望这段对"友谊"的反思，能引起女儿的警惕。

大人不在家

读高二的时候，有同学举报我和另外两男三女共六个同学一起，到其中一位大人不在家的同学家里"鬼混"。想想看，"三男三女"，"大人不在家"，"鬼混"，这三组主题词放在一起，勾画出的场景，会让人联想出什么样的画面？这是我自小学一年级开始的十几年读书生涯中遭遇的最严重的一次指控。当时，我和那几个同学恨不得爬上学校办公大楼，手拉着手跳下去，用血和脑浆溅成几个大字："我们是清白的！"但一想那样会很痛，于是还是忍了，咬紧牙关回家，把情况向父母汇报，请他们息怒，并请他们明天到学校参加为我们六个人专门召开的特别家长会。

　　在这里有必要将我们的"犯案"过程作一个交代。那是一个临近期末考试的日子，一位关系要好的同学要过生日。由于平常学习太紧张，大家都希望有一个喘息的机会找个由头聚一聚，趁机宣泄一下心里淤积已久的压力。恰好同学燕子家没有大人，她寄住在爷爷奶奶家，两位老人信佛，去赶庙会了，要几天之后才回来。于是，我们这帮半大的孩子，如同一群小老鼠，终于找到一处没有猫的所在。在我们的眼里，大人就是猫，这是毫无疑问的。

　　经过递纸条打暗语邀约和商量之后，决定参与人数为6人。但此事被一位姓林的女同学察觉了。此女自私、吝啬、贪吃而且喜欢搬弄是非，最可怕的是其长相还非常抱歉。大家可不想要一个吃得多又舍不得出钱，事后还会无休止地说八卦的丑八怪参与聚会，那就不是放松，而是找死了。大家都以"好脚不踩臭狗屎"的心态，小心地避开她。但是，她人胖神经却不笨，很快从大家的敬而远之中，嗅出了一些蛛丝马迹，在妒恨交加之中，她悄悄监视我们的行踪，并耐心地记录了下来。当然，在记录过程中，她加入了大量想象和夸张的成分，在所有修辞手法中，她唯独这两项学得最好。

　　我们并不知道身后有那么一双血红而阴冷的眼睛在盯着我们，还自以为隐秘地各自回家，向父母报告周末晚上学校要补课的消息。

家长们一听，都是一脸
赚到了的高兴，纷纷表
示支持。

我们买了当时最流
行的大虾酥、橘子糖、
甜麦圈、瓜子和锅巴，
还买了卤牛肉和凤爪。
一位姓廖的同学还"大
逆不道"地从家里偷来
了他老爸的山楂酒。放学以后，我们六个人彼此心照不宣地笑笑，
然后看似无规律地出了教室，先游离状地走出校门很远，然后才汇
聚在一起，欢喜地往燕子爷爷奶奶家走去。

燕子爷爷奶奶家住在一处幽深的老院子里。院子分三重，他们
在最里的一重。我们从充满各种锅碗瓢盆和人间烟火气息的第一、
二重穿过，进到了最里一重。这是一座小四合院，四面住着不同人家，
院中间有一棵巨大的黄桷树，它使得小院变得宁静而雅致。

我们鱼贯进入西面的目的地。燕子中午已剁好了饺子馅，放在
水缸里冰着保鲜。大家各自分工，开始了同学聚会的第一个程序——

包饺子。

和现在孩子们聚会吃快餐、唱卡拉 OK 不一样，我们那时的聚会，通常是包饺子、吃饺子，吃完饺子坐下来吃糖、嗑瓜子、吐槽最近的不愉快或讲鬼故事。我们也唱歌，没音乐伴奏带，通常是自弹吉他或在别的乐器伴奏下大唱一气。最后，在父母容忍的时间范围内尽兴而归，最惊悚的也不过是同方向的男女同学结伴回家。

那天，我们基本是沿着这个流程过了一个周末之夜。不知是因为学习紧张太久没有聚会，还是因为那瓶 23 度的山楂酒的缘故，那晚我们显得特别兴奋，从包饺子煮饺子到吃饺子，一路都嘻嘻哈哈地笑着，相互开着无伤大雅的小玩笑。特别是吐槽环节，大家更是大胆地"粪土"了班主任和科任老师的种种令我们不快的行为，中途也少不了刻毒地嘲笑前文所述的那位林同学，有毒舌男生称其为"林大鼓"或"Pig 林"，这玩笑话，无一不引起一浪又一浪的夸张笑声。

我们其实不知道，整个过程，都被跟踪而来并潜伏在窗外的林同学从头至尾听完。很难想象，她饿着肚子、怀着愤怒与嫉恨听着窗内酒足饭饱的同学开心地笑骂自己，是怎么样一种感觉？而且一蹲就是四个多小时，还要保持高度的警惕，不被随时进出的人们发现，那该是需要多么强大的忍耐力以及敏捷性才能做到的！但她居然办到了，这不能不让人佩服她的剽悍与无敌。

事后我们才知道，支撑她坚持下来的最大动力，来自于她疯狂的报复心。从她向老师报告的内容可以看出，支撑她忍人所不能忍的，是心中的那一股气。那是多大的一股气啊！

她向老师举报的有以下几点：三男三女到大人不在家的同学家里抽烟（无中生有）、喝酒、嘻哈打闹、摸摸搞搞、恶毒攻击和嘲笑老师同学、唱歌跳舞、男女生双双回家等。这些半真半假似真似幻的情节，经她羡慕嫉妒恨情绪的发酵和选择性组合，在老师心中构成了一个巨大的"鬼混"概念。当他以天快要塌下来的语气在紧急召开的班会上讲起时，全班同学，包括我们几个亲身经历者，都觉得发生了一件十分严重的事情。

没有经历过那个时代的人，永远体会不到那种让人窒息的恐怖。在那个周末，我们犯了包括撒谎、喝酒、诋毁老师和男女生嬉笑打闹等重罪，而这些罪状中，又以男女生嬉笑打闹最为严重。班主任是个严肃但又不失想象力的人，虽不至于如鲁迅先生所批判的那种看到手腕就想到脐下三寸的恐怖，但他认定我们这个年纪的半大男生女生，就像一个个揭开了盖的手榴弹，危险性巨大，且控制力薄弱，稍有不慎，便会酿出难以收拾的严重后果。虽然，作为老师，他防范心重是件好事，但在我们看来，他的好心实在有些多余。我们清楚自己在干什么——不是我们复杂，而是他们把我们想得太坏了。如同笑话故事里讲的精神病人扒女孩的裤子是为了抽橡皮筋做弹弓一样，我们的行为，与大人们想象的并不一样。同样的举动，我们是为了"做弹弓"，而他们所认为的，却完全不一样。

那次聚会，使我们享受了开临时特别家长会的待遇。挨了批的家长们也不含糊，照单全收后将批评放大性地转赠给我们，并对我们处以痛扁、扣零用钱、禁止夜出和陪护上学放学等处罚。这也使得我们在高三毕业之前，再没有搞过类似的活动。

不过，我们也没忘记"报答"告密者林同学。我们仿冒她最喜欢的邻班帅哥的笔迹和语气，给她写信，约她周四晚自习时在离学校三公里外的铁路边见面。那晚，她果然请了假，而且，老天开眼，下了场多年未遇的雷雨……

故事提供者：佘继洪（律师）

讲述背景：14岁的女儿含蓄地请爸爸妈妈在她生日那天出去看场电影，因为她想请同学到家里吃顿饭。妈妈担心孩子们做不了吃的，想帮忙，爸爸于是讲了这段往事，劝她放手让孩子们自己去办生日晚餐。

一次对公平的失败追求

在 14 岁那一年，我干了一件惊天动地的大事情。此事在我们学校和教育系统，都引起了不小的震动，甚至惊动了主管教育的副县长。此事让我着实出了一回"名"，并在很大程度上，影响到我的人生轨迹。

事情还得从那一年的科技大会说起。科技大会召开，表明原本不被重视的科技事业，要开始受到重视了。与科技如同双胞胎的教育事业，也一荣俱荣地欢欣鼓舞了起来。为了表达对大会召开的拥护，县里决定举行一次青少年科技展览会。这事对于大城市的孩子来说，算不得什么稀奇的事情，但对于我们这些绝大多数孩子只在电影中看过飞机，对夏令营和航模之类概念闻所未闻，觉得它们比梦想还遥远的小县城孩子来说，简直就是个天大的事情。不仅参赛的作品要送到公园里去展览，而且，获得一等奖的学生，将代表我县数万名青少年到北京去参加青少年科技活动。我不敢说这奖品能与现在的几百万福彩体彩奖金做类比，但它当时带给我们的刺激和向往感，与这确实是很相似的。

老师用抑扬顿挫的腔调，满脸幸福地向我们传递了这个好消息。事实上，那些年，她满含激情地向我们传递了无数的好消息，诸如又打倒了什么坏人，粉碎了什么阴谋，通过了什么决议，发射了什么火箭。这些好消息，因为太大太远，没有带给我们贴身近肉的感觉。而这一次科技展览会，却好像很实在很靠谱的样子。虽然包括老师在内，我们都不知道真正的科技展览会究竟是个什么样子。

同学们按照各自的理解，开始准备自己的参展作品。大家或三两人合作，或单打独斗当独行侠。大家时而神秘兮兮相互保密，时而又忍不住兴奋地想显摆显摆，以满足自己取得了某方面进展的兴奋感。

粗略估计，我班56名同学，有42件作品在紧锣密鼓地赶制中，后由于有一个同学出麻疹耽误了时间，到交货那天，共有41件作品放到老师面前。

　　那天的班会成为我班科学展览会参赛作品预展。41 件作品齐齐亮相，赶集般热闹。虽然我们大家都很努力，但必须承认的是，眼界决定高度，我们如同坐在井底的青蛙那样，思维跳不出圆圆井口那个小小的天。所有作品，有一半与科学没有多大关系，有的同学甚至送来了剪纸的大阿福。有的作品，虽然与科学沾了点边，但因为用料和做工都太简陋，显得很滑稽。比如，有的同学用乒乓球、皮球和泥球做了个太阳系九大行星分布示意图，结果，眨眼之间，水星就掉地上摔成了五瓣，而木星干脆蹦蹦跳跳逃出了教室……

　　剔除一半不算科技作品的"作品"，再剔除一半粗糙简陋得弱不禁风的作品，最后还剩七八件作品，其中就有我的皮筋动力飞机。它的机身，是由芦苇秆做的，翅膀是用当时并不多见的泡沫纸板剪切而成的，起落架最有特色，是用细铁丝架上两个木头象棋做的。飞机由十几根橡皮作为动力，将机头的螺旋桨反方向旋转绷紧，轻轻往空中推送，至少能飞三十米，如果风向好的话，甚至还可以飞得更远……

　　这本是大城市孩子们玩剩的航模初级产品，但当时的我并不知情，以为自己做出了超级牛的东西。看着它在田野和屋宇间飞行，有时甚至飞过了树顶，我有一种特别骄傲和自豪的感觉，甚至轻飘飘地认为，到北京去参加夏令营已不是梦想，而是不久即将实现的事实。虽然我一直为自己的模型是从舅舅家的书柜里偷的书上得来的思路而惴惴不安，但我心存侥幸地认为：并不是所有人都能看到这本书，从而知道这个底细。

　　就在我志得意满地做着飞翔的白日梦时，半路横空飞出个苍蝇拍，把我击落回现实之中。这个苍蝇拍，就是我们班的班长彭勇，他居然抱来了一艘漂亮的军舰模型，这是一艘与我们在电影中看到的军舰一模一样的模型，长一米，上面舰桥、楼梯、旗杆、雷达、

炮位，一应俱全，甚至旗杆上还有用布做的各色旗帜。舰身用浅蓝和白色油漆漆得威风堂皇，舰首用黑色和红色兑成的酱色油漆写着苍劲的两个字：威武。

这艘名叫"威武"的军舰实在太威武了，把全班所有作品都踩了下去。军舰的主人彭同学，则更是一以贯之地以俯瞰的姿态，把人们既惊讶又佩服同时又有些不甘的眼神照单全收。他已习惯了被同学们仰视，他已习惯了在离大家很远的地方，得意地看着大家疲于奔命地追赶。在我们班，无论学习成绩还是体育成绩甚至操行评价，他都远远地把大家甩在身后。这次科技展览，他的作品又一次成为班上唯一一件入选作品，并被学校选中，成功进入县展览会，在一大堆太阳能锅和木盒机器人之类的作品中脱颖而出，获得第一名。

在大家羡慕嫉妒恨兼而有之的摆谈中，有人揭秘说：彭勇的军舰，其实并不是他做的，而是他们全家的作品。他爸爸是木工厂厂长，是手艺很棒的木匠；他妈妈是裁缝，他姨妈是油漆工；而军舰舰名，是他当政协委员的爷爷写的。

这话引起大家情绪不一的反应，有人一以贯之地骂两句"假"，也就算了。有人为自己没有几个可以帮自己的长辈而倍感失落。而我，却有一种遭遇不公平对待的屈辱感——如果没有这艘舞弊的威武舰，兴许，那些荣耀，就是我和我那架长相虽然奇怪但可以飞上天的飞机的。作为一个成绩中等偏下的学生，我可以容忍彭同学有两三个长辈为他补习学业，可以容忍他对任何人都不说真心话的假；但我不能容忍的，是太阳总照在他头顶，他撒尿也比别人远，而为了保证这样，他甚至动用作弊的手段。

为了确定传闻是否属实，我分别在劳动课和美术课以求他帮忙拔钉子和涂油彩的名义，试探出他根本不会使用榔头和油漆刷等工具。我因此基本确信可以向老师举报此事，如果老师要证据，就更简单，让他当众做一个给大家瞧瞧不就得了？

班主任听了我的汇报，让我不用声张，说要核实一下。一核就核了十几天，没有回应。我又找到校长，校长听了，表情也和班主任一样，只是神色更严厉一些。我分不清这严厉，究竟是针对做假行为还是举报行为的。

很快，我就知道了答案——班主任把我叫到办公室，叫我顾全大局为重，不要再说这事了，我们学校得到全县唯一一个第一，要珍惜！

可那是做假得来的啊！你们不是天天教育我们要诚实吗？为什么还要这样？

老师没有与我就诚实的问题展开进一步讨论，只是以不容置疑的语气说："叫你不要再提，你就不要再提！"

就像吞了一个不熟的番薯，这件事在我肚中反而更加折腾。我思来想去，越觉愤怒与不平，于是连夜写了三封情真意切的投诉信，分别发往教育局、少年报社和科学展览主办方。

之后很久，就在我几乎忘了这件事的时候，上面通知，彭同学因特别的原因，不去北京参加夏令营了。那天，与他同学七年多以来，我第一次看到他号啕大哭。

虽然举报信上没有署名，但县里和学校还是知道是我写的。这事在很多同学看来是出于嫉妒，在另一些同学眼中，则是没有集体荣誉感的表现，有人甚至牙痒痒地骂："即使把别人踩下去，你那烂飞机也飞不上天！"

这几乎成为一句谶语，写照了我的一生。不久后中考，我成绩勉强过中师线，但"政审"出了些说不出原因却实质影响了录取的"问题"。我最终没有当成老师，而被录取到一所乡镇高中，混完之后进厂当工人，并最终成为一个屌丝。倒是彭同学，继续发挥着他人见人爱花见花开的特色，一路读完大学再读研究生。他和班上最漂亮的女生谈了两年恋爱，然后与容貌平常却是县长女儿的同学结了婚，过上了令人羡慕的富足且飞黄腾达但只有他自己才知道是否是真的快乐的生活。

　　故事提供者：云雷（工人）

　　讲述背景：儿子在学校举报别人考试作弊，母亲担心他被报复而唠叨，儿子不服，反问父母对公平与正义是怎么看的，于是有了这段往事的讲述。父亲想以此鼓励儿子，尽管可能遭遇挫折，但不应放弃对公平的信仰。

武林盟主争霸战

　　和很多青春期的男孩一样，我在十四五岁的时候最渴望的是成为一个武功高强的大侠，像当时流行的录像片里所演的那样：轻轻一点地，就跃上房顶；稍稍一用力，就把石狮子举过了头；在水面上如蜻蜓飘过，在火堆里如石钟般沉稳；肩背三尺龙泉宝剑，胸怀天下苍生疾苦，杀贪官杀淫贼杀无良商人；大碗喝酒大口吃肉横行江湖，与江湖侠友弹剑而歌，和知心爱侣萍飘天涯……

　　请原谅我刹不住车的一串串武侠句式，这些我青春时期夜以继日囫囵吞下的文字，已如树的年轮，深深植入到我的成长记忆里。

无论是老派的《三侠五义》《七侠五义》，还是新派的《射雕英雄传》《萍踪侠影》，已如血红素一般融入了我的血液中。展昭、郭靖、白玉堂等等侠客，仿佛我青春时期的人生伴侣。这一点，与女孩子们记忆中那些"好温柔好多情好善良好美丽"的纯情小说人物是一样的。

那时的我，如同现在沉迷于电脑游戏的孩子一样，整天魔魔怔怔，比手划脚，念念有词。所以，我看到现在新闻报道说小孩玩电脑游戏"入戏太深"，走路都只敢沿墙脚猫行，随时躲避"爆头"的情景，一点也不惊奇。我会想起自己云里雾里的年少时代，那时我也经常分不清哪个时候是在现实，哪个时段是在武侠小说或电影的情节里，随时一出手，嘴里念的都是"降龙十八掌""七煞勾心拳"……

我能回忆起的最丢人的情节，是有一天我放学时居然把书包疯丢了。为了向母亲解释这件严重的事情，我自然而然地穿越到武侠故事里，跟她说我放学时，在校门口帮一位丢失了鞋的老盲人找回了鞋。盲人可不是普通的盲人，而是一位名震江湖又退隐了多年的大侠；他也不是真的丢鞋，而是在考察人心是否善良。大街上来来往往的人，只有我一个人通过了考察，于是，他就收我为弟子，将记录他平生所学武功心得的一个秘籍，传授于我。而正当我高高兴兴将秘籍收下放入书包时，突然，几个蒙面黑衣人跑来，抢走了我的书包……

老妈听了我的解释，差点笑得当场毙命。那一次，她破天荒地没有打我，还向父亲和亲戚们无数次推荐我的这个故事，而且认定我今后可以去讲评书或干别的瞎白活的事情——一件没影的事，活生生被讲得有鼻子有眼，人才啊！

老妈不是唯一一个因为武侠而放弃对我处罚的人。在此后不久，我又犯事了——在上物理课时写武侠小说。当时正值墨西哥世界杯足球赛，我愣是将世界杯的内容和武侠结合，再加上本班同学的名字，凑成了一篇武侠小说。你想想，当时的球星布鲁查加、莱因克尔、马拉多纳和我们班的张小峰、毛大凤、鼻涕虫等人混战在一起，那该是多么惊悚又好玩的事情？

我的武侠小说，受到班上四十个人的追捧，每写完一页纸，就被撕下传了出去，上家匆匆读完，迅速传给下家。只要老师一背过身去板书，教室里马上像工厂里的流水线一样运转开来。大家兴高采烈地看着比物理书上那些杠杆滑轮好玩一千倍的文字，努力寻找着自己的名字，并盼望自己成为武功最高的侠客。为此，不少人还和我套近乎，送课外书或甘蔗之类东西贿赂我。

老师终于发现了端倪，挨个把我的作品一一收了起来，追问是谁写的。大家嘴里不说，却用幽怨的眼神看着我。这眼神比犹大之吻还明显，我于是被老师"请"到了办公室。

在办公室里，老师用了半个多小时把收起来的稿子整理好，并认真读完。读的过程中，他时不时会露出会心的笑容。看完之后，我并没有等来预想中疾风暴雨般的批评，而是和风细雨式的勉励。老师说："我也是个武侠和足球迷，一个高一的学生，能写出这样的文字，老师实在没有理由批评你。只可惜我是教物理而不是教语文的，所以不能给你什么指导，只是希望你今后不要上课写，那样既耽误了自己，也耽误了同学，毕竟高考不只是考语文一项。"

老师和风细雨的批评，其效力和作用，远比打我一顿还管用。当我从他手中接过装订得整整齐齐的"作品"时，暗暗下定两个决心：一是不再在上课时写武侠；二是等长大之后，一定要当个武侠小说作家。

我那时其实并不知道，凡会写的都是不会练的这一千古真理，不独武侠小说作者不是武功高手，连那些写炒股或发财秘籍的，大多也不是什么实战高手。而当时的我，幼稚地以为，能写自然就能打，这种感觉如同给自己催眠，让我相信自己也有想象中那么厉害。我甚至膨胀到，想去参加几个学校学生自发组织的"武林盟主争霸战"。

这是几个学校好勇斗狠的学生们自发组织的一种地下比武活动。

以前，各学校的大孩子们互相不服气的时候，就会相约在公园或城外干上一架。这种战法，通常是人多者胜，崇拜武林大侠的孩子对此，是不齿的，大家更看中个人的"武功"。没有听说哪个地方的"武林盟主"是几年级几班全体男生的，那也太恶搞了。为了不让自己成为笑话，大家决定来一场真正的单挑，以武功定胜负，敢上的都可以来。

比武地点没在"光明顶"或"紫禁之巅"之类豪华地方，而是定在公园背后一处已被征用但还没有开发的土地上。这里房舍已拆但树木还在，其场景宛若某部卡通片里被果子狸占领的荒弃小庙，葱茏的树木围绕着一个晒场。好几百个来自于各个学校的孩子们龇牙咧嘴，跃跃欲试，大家都期待能见到一场精彩的比武大赛。

但必须承认的是，那天的争霸战与"精彩"两个字完全不沾边，没有飞天遁地，没有摘叶杀人，没有隔山打牛，甚至连胸口碎大石之类大路货都没有。只有两个小猴儿一样的男生左跳右跳前跳后跳，偶尔挥拳踢脚，但很少沾到对手的衣裳。这种"比武"，与我们被各种武侠录像吊起来的胃口，实在是太不匹配了。

这还不算最令人失望的。最令人掉眼镜的是，正热闹的时候，不知谁大喊了一声："老师来了！"那一声喊，犹如电影里有人喊："城管来了!"顿时,场上一片大乱,好几百个刚才还生龙活虎的表演者和观众,瞬间消失得无影无踪,只留下一地的书包、鞋子、帽子和算盘。而最让人感到悲催和不可思议的是,那天那位老师,是住在附近从那里经过去买菜的退休老教师。你能想象,一个白头发的微胖老太太的一次偶然经过,就彻底击碎了几个学校数百武林好汉们筹办已久的武林盛会,这让多少孩子的武侠梦,从此破碎。而这其中,有一个,就是我的。

从那天之后,我再也不想当大侠或武侠小说作家了,填志愿时,我填的是师范类的,目标是当当时觉得很威风的老师。

故事提供者:阳春厚 (教师)

讲述背景:14 岁的儿子迷恋上网络游戏,经常幻想自己是游戏中的某位主角。为了像那位主角一样威风,他开始报武术班,狂打沙包狂举哑铃,勾起父亲对一段青春往事的回忆。

初恋那件"坏"事

我曾经有一段刻骨铭心的初恋。所谓"刻骨铭心",并非是说我和那位女孩的感情有多么的深,我们的故事有多么的轰轰烈烈,而是那段所谓的"感情",直接毁掉了两个年轻人的人生。经过那样一番折腾后,我们俩一个从此精神失常,在恍惚中孑然飘过了半辈子,另一个则背负着沉重的伤痛,对"爱"这个词,有一种近乎高压电的恐惧。

这一切,都与16年前那场"初恋"有着直接的关系。

那一年,我17岁,高三。收音机里时常播放的《那一年我17

岁》，是我的最爱。虽然
没有背起行囊穿起那条发
白牛仔裤的出走，但那种
走在街头漫无目的不知向
哪里去的感觉却非常熟悉。
虽然我读的是职高，没有
太大的升学压力和高考前
的恐怖集训式复习，但青
春期血液中天然的躁动因
子，与安静得近乎沉闷的

现实环境之间的反差所形成的那种足以把人憋闷得发疯的寂寞，让
我变得不安。那时我当然还不懂"心安即是归处"这样的人生道理，
于是就任由自己那颗不安定的心蠢蠢欲动，四处寻找那不可能获得
的安宁。

　　这个时候，一段被人们称为"初恋"，对我来说却不确定是什么
样的情感的事件轰然撞入我的生活，既让我猝不及防，又让我怦然
心动。

　　她是我初中的同学，高中在县重点中学尖子班读书，是优生中

的优生。我则是因为厌恶英语，中考时以交白卷的姿态堕入到职业高中的一个差生。我们之间的物理距离，和天上的织女与地上的牛郎的距离不相上下。但就像所有神话故事中的女神最终都会和屌丝搭上线，并演出一段惊天地泣鬼神的传奇故事一样，这个与我分属两个世界的女孩子，居然也降临凡间，与我从朦胧到清晰地上演了一段故事。我不敢将它定义为"爱情故事"，因为我们之间，从未有过世俗意义上的"爱"的概念，我们从未拉过手，也没有过拥抱、亲吻之类的"坏事"，更没有直接向对方说过"喜欢"或"爱"之类的可怕字眼。最"严重"的事，莫过于在生日的时候，送上一份贺卡，上面含蓄地写下"身无彩凤双飞翼"之类暧昧得近乎于谜语的诗句，连下一句"心有灵犀一点通"都不敢写。

　　我不知道自己作为一个职业中学的差生，怎么可能受到来自重点中学尖子生，而且是漂亮的尖子生的青睐。因为她与我的交往，我无数次追问这件奇妙事情发生的原因：是我的样子太不堪，激发了女性天然的母性救赎情怀？还是高考压力太大，把女孩整变态了，需要找个宣泄物来转移一下注意力？我甚至连前世今生之类玄妙故事都想到了，但没有一条理由解释得通眼前发生的事情。

　　死党们出于嫉妒，纷纷选择是高考压力太大把人憋得不正常了，女孩将我当成药之类的解释，这样至少让他们的心情好受一些。看着我和女孩并肩走在夕阳下的身影，他们冲我们扔匕首标枪甚至手榴弹的心思都有。

现在回想起来，我当年也并非自己想象的那么不堪，除了成绩这个天然劣势之外，我其实也有很多值得喜欢的地方——1.78米的个头，喜欢打篮球，随时都阳光灿烂的身影，以及不用洗发香波也能飘逸轻飞的头发，让人轻易能联想起琼瑶阿姨小说里那些好温柔好多情的男生。还有，我赶时髦学了吉他，虽然至今也只能弹唱三首歌曲，但在那个人人都玩文艺范儿的时代，它确实为我加分不少。

那些日子像梦一样不真实。我们经常相约到郊外的铁路或小溪边，我弹吉他，她唱歌。我在她的引导之下，居然开始喜欢起席慕蓉的诗歌，经常被"生命原是要不断地受伤和不断地复原。世界仍然是一个在温柔地等待着我成熟的果园"之类的诗句感动得泪流满面。我当时甚至萌动了报考大专的念头，和她约定到另外一个城市去读书生活。对于一个职高生来说，这事比用舌头舔自己的鼻子容易不到哪里去，但架不住这是一个美好的念想。读书这件事，在我心中从噩梦变成了美梦，足见这"初恋"对我的影响力之巨大。

与多年后看过的泰国电影《初恋那件小事》中一个丑小鸭样的

女孩子在"爱"的鼓舞下变成美丽的小天鹅，并由此得出"爱应该是美好"的结论的结局不一样，我的"初恋"故事，并没有将我这只"丑小鸭"变成天鹅，反而让我们陷入万劫不复的严重后果中。之所以如此，也许是因为我所在的社会氛围中，缺少对"爱"科学而达观的认知，将"爱"混同于"欲"，将"欲"当成淫乱。忽视了爱的正面意义，而强化了它的负面影响。从小就人为地将我们心灵字典中的"爱"字及与其相关的所有概念打上红叉，对我们要么讳莫如深，要么横加指责，让"爱"如高压线一样横亘在我们心中。许多父母，在我们对"爱"产生朦胧而弱小的好奇火花时，粗暴地将它踩灭，等我们不懂爱意地长大之后，又嫌我们不会恋爱甚至要代我们相亲。谁能说十七八岁的人不懂爱情？许多经典的爱情故事，就发生于这个年纪，这事发生在梁山伯与祝英台那里就是千古绝唱，发生在我们这里，却是万恶的罪行。

　　女孩的父母知道我们的"恋爱"，愤怒地来兴师问罪。他们的愤怒之举，招来我母亲更加不理智的回应。在对方找上门来要她管教好孩子，别影响他们女儿的前程时，她老人家怒向胆边生，拖出我的抽屉，将女孩送给我的明信片及其他各类"罪证"扔出来。那些写着各种美好句子的纸片和小礼物，此时如一颗颗重磅炸弹，将女孩的父母打哑了。我母亲并没见好就收，而是不依不饶，吼出了几句令她至今都后悔的话："明明是你女儿勾引我儿子，还来倒打一耙，会管管自己人，不会管管别家的人！"

我相信，如果母亲知道她的举动会造成什么样严重的后果，她一定不会这么干。但遗憾的是，世人都无法看到未来的事，当后果已血淋淋地摆在面前时，已悔之晚矣。

女孩的父母脸色铁青地捡了地上的东西走了。之后很久，在母亲的严管之下，我也没有再见过她。再后来，听传闻说她因为精神失常而放弃了高考。我也曾努力想见她一面，想为母亲的说法，给她解释点什么，但每次都被她的家人撵走了。

等我再次看到她，已是几年后的事了。那是我从外地读书回来，在家乡一座庙宇的长廊里，我看着她穿着一件红色的大衣，长发飘飘地以模特儿面对万千观众的姿态旁若无人地走来。我扑上去，想喊她并告诉她，我终于做了一件不可能的事，按当初的约定，考上了大专。但她茫然地从我面前走过，只留下一丝令人心碎的发香……

她的影子，如一滴惨红的血迹，永远留在我脑海中，使我每听到一次"爱"字，心里都会电击般刺痛一次。

故事提供者：宁大勇（工程师）

讲述背景：与儿子一起看电影《初恋那件小事》，被儿子问及是否有过早恋的故事，于是有了这样一段令人伤感的回忆。

向往"坏"女人

我读初中的时候，有一个难以启齿的梦想，就是成为电影中的一号反派，要么大土匪要么特务头子要么流氓大亨。这个不合潮流的愿望产生的原因，并不是我天生反动，想和革命电影唱对台戏，而是青春期在作怪。因为当时所有电影里，大反派们身后，都会有一个风姿绰约身材窈窕打扮时髦且娇声细语的坏女人，她们要么是女特务要么是姨太太要么是交际花，身上由内而外都散发着女性的气息，与当时电影中那些只能敬不能爱的五大三粗的女英雄，形成鲜明对比。

因为这爱好与我自幼所受的教育有太大的差异，所以我一直心存恐惧和歉疚，总觉得这是一件严重的不可告人的坏事情。直至我发现与我同龄的男性小伙伴们，绝大多数与我的品位相近，心中才渐渐释然。而多年后，我读一位知名作家写的一篇随笔，文中回想当年他最喜欢的女特务的类型时，他说"歪戴的船形帽，紧身的军装，烫过的大波浪披肩长发和走路噔噔作响的高跟马靴"这些零件构成的女特务，几乎是他青春时期每一个春梦的女主角。当时，我恍然觉得，他就是与我一起度过童年并失散多年的小兄弟。在那个性教

育教材和课程都缺乏的时代，女特务们以其被刻意强化了的女性特征，歪打正着地设定了我们的审美观，这与电影创作者们的初衷，显然是相悖的。

这种审美观为我戴上了一副眼镜，让我在现实生活中，有意无意地寻找与之相符的异性，并对其投去赞叹

和欣赏的眼光。当时已是 20 世纪 80 年代初期，开放已搞了好几年，牛仔裤、蛤蟆镜、录音机、爆花头，已陆续出现在内陆城市的潮男潮女身上。但父母和大人们，都觉得烫着头发穿着紧身牛仔裤扭迪斯科的男男女女都是坏人，特别是女孩，如果嘴上再叼支烟的话，那简直就是坏到极限。虽然没过几年他们也穿上相同的牛仔裤，并在多年以后天天黄昏在广场上跳他们曾经深恶痛绝的"扭屁股舞"，但在当时，他们对这些"妖精妖怪"的恨恨然，却是情真意切的。

和大多数时候一样，对同一件事物，大人与小孩的看法有着天壤之别。我甚至觉得，差异其实原本没有那么大，大人们为了显示他们的"大"，而刻意将自己的真实想法隐藏起来。起码，在对女特务这件事情上，我的大哥哥和叔伯舅舅们和我的看法是一致的，但为了显得与我不一样，他们有意将自己的喜欢变成一种夸张的义愤展现出来。但往往他们眼神中流露出的贪婪与向往，会将他们出卖——在看到银幕上那些当时主流价值观持批判态度的坏女人们时，他们的神态绝不是批判的。

这种暧昧的价值观也体现在现实生活中，包括我在内。我们对生活中的"坏女人"，都是持这样一种口是心非的态度。所有恨恨然的咒骂和嘲讽，都难掩内心深处的神往。我们根本分不清这些恨意中，有多少是出于道德观支配下的价值判断，有多少是出于求之不得的嫉妒与愤恨。比如，我们街道上几个著名的"坏女人"——跟着宪德混江湖的小莲，和建筑公司书记相好的林女子，家里经常有男子笑闹的邱金花，还有据说坐过监狱却风韵犹存的陈三娃的婆娘。这几个女人的共同特点是漂亮，衣服和用品都引领时代潮流，而且喜欢和男人打交道，但遗憾的是，她们从没有把我这个青春期的半大孩子放在眼中。而那时的我，是那么强烈地渴望别人承认自己是个大人。以上几个女人，各以不同的情节，进入过我青春期那些难以启齿的梦中。

小莲因宪德被枪毙而悄悄离开了；陈三娃的婆娘因为嫌他挣不到钱，跟一个做生意的陕西佬跑了；邱金花嫁给了一个退休老干部，过上了不苟言笑的机关家属区生活，以难以想象的速度衰老成一个老太婆。几个红颜女子，以各自不同的薄命方式，走上了令人唏嘘的悲催道路。而其中，又以最低调的林女子的结局最为悲惨，包括我在内，所有外东街的人们，都是她人生悲剧的制造者，大家手里都沾着她的鲜血。

林女子早年与一个建筑工人结婚，生下一女，建筑工人因工伤死亡，单位照顾她，让她顶替上班。她最初以为是老天保佑，后来才发现，保佑她的不是老天而是建筑公司的一把手某书记。再后来，经过明试暗试，软磨硬泡，这个带着娃娃的弱女子，俗套地走上了一条程式化的路，成为一个强势男人的"小三"。平心而论，这个男人除了犯了"每个男人都可能犯的错误"之外，大致还算是个好人。他之所以找外遇的原因，主要还是老妻太凶悍，他几乎体会不到家庭和异性的温暖。而林女子恰好多角度全方位地为他提供了这样的满足感，在她那面积虽小但充满温馨气息的小屋里，他们悄悄度过了不少浪漫温馨的夜晚。有时，老书记甚至恍然忘记了自己是有家的人，而把这个小家，这母女俩当成了仅有的亲人。这样的后果，便是将心存幻想一忍再忍的老妻，变成一颗高能量的炸弹。她要以同归于尽的方式，炸毁一切。

于是，就有了那次中秋节的"捉奸"。书记的老妻带着几个儿子在宿舍外蹲守，整个外东街，如同即将上演一幕超级大戏的剧场，站满了各色摩拳擦掌的人们。女人们就像自己的老公有了外遇一般恨恨然等待着那坏女人受到惩罚；男人们则因男主角不是自己，而多少有些失落和嫉恨。大家群情激昂，砸开那间小屋原本就弱不禁风的门，揪出两个赤身裸体的男女。另一个版本的说法是，屋里其实是三个人在吃月饼，孩子和月饼是被踢出去的，两人的衣服是被撕开的。

就像所有抓老公外遇的女人一样，书记的老妻，并不针对背叛自己的老公，而是将矛头直指那个让老公变心的狐狸精，揪住她的头发，将赤身裸体的她拖上街游行。那晚，包括我在内，没有任何人觉得这有什么不妥，更没有人出场制止，一半人是因为这是在惩治坏人，而欢呼雀跃；另一半人，因为难得一见的女人的裸体，而感到异常兴奋。大家以道义的名义和姿态，观赏着暴力与色情。

那天，是我这辈子第一次看到成熟女人的胴体，没有温情，只有惊心的刺激。

我第二次看到女人裸体，是几天后在河边，法医检查林女子的尸体。据说她和书记相约去跳河，她自己沉下去了，而书记却浮了起来。

多年后，我还能回想起法医在河边检验她遗体的一刻，她曾经美好的容貌和身材，已经变得不再美丽……

故事提供者：于文辉（工人）

讲述背景：妻子来告密，称儿子最近老是与一些非主流女孩混在一起，担心他学坏，那些女孩一看都不像是正经人。于是勾起一段有关"坏女人"的回忆。不同时代有不同时代的歌，不同时代，也有不同的坏女人吧？特别是在青春期里的特别眼光里。

青春的别名叫恶作剧

　　我年轻时经历过很多恶作剧，这些恶作剧，有的是我捉弄别人，有的是别人捉弄我，还有的是别人捉弄别人。总体而言，第一种情况所占比例最高，其数量甚至超过后两种相加的总和。我甚至觉得，我那短暂的青春，完全是由一个接一个恶作剧构成的。我不知道自己策动并实施的恶作剧究竟有多少，但我知道，如果将这些损人的捣蛋事件从脑海中剔除，我基本就没有那一段叫"青春"的记忆了。

　　我的恶作剧中，最多的是技术含量低的破坏行为，比如把讲台上的桌子腿虚放到台边，老师一按桌子就倒掉；或将纸篓安在教室门口，等待着哪个冒失鬼来演一出"天女散花"；我还干过如今网上视频里最流行的各种恶作剧，什么拉掉别人屁股下的板凳，相约跳水但喊完口令却不动结果别人都跳了而我一个人留在岸上；我还干过在上课睡觉的同学手上滴墨水汁的事，老师一叫他，他就揉眼睛自画熊猫；我还很邪恶地将香肠带进教室，在每天上午第四节课大家饥肠辘辘的时候放出些香气来……

应该承认，这些低端的恶作剧在收获了各种短暂的愉悦之后，也给我带来了不少麻烦。但我天生比全班同学都高了一头的身高帮助了我，这使得我在每一次恶作剧之后，基本上只挨了愤怒眼神的报复。同学们不是二郎神，眼神不具备焚山煮海的能量，我也因此安然地将这种于我无伤的愤怒当成果实收归囊中，引以为乐事。当然，这招在老师那里没用，我在同学中冒充老虎横行无忌，而老师们却个个都是武松，无须费力便将我对他们的冒犯与伤害加倍奉还给我。而此时，同学们那些曾经对我发出愤怒目光的眼睛里透露出的幸灾乐祸与讥诮顽皮，更让人难受。

一个坚强的顽劣之徒是不可能被眼神打败的，即使再加上请家长、站办公室、写检讨甚至全班孤立之类的报复，也不能。反而由此激发起一种带有报复性的恶作剧，于是就有了比普通玩闹更升级的新恶作剧版本。

　　相比于搞破坏与捣蛋，报复性恶作剧的技术含量更高一些。比如，为了报复那几个举报我十分积极、在我挨批时笑得最灿烂的同学，我很阴险地趁着月黑风高的时候悄悄潜入老师办公室，将他们的试卷分数小小地改动了一下，68变成88，75变成95。老师的办公室不是金库，无须严格的安保，所以我的改分计划十分顺利。此事的直接后果，是让那几个哥们姐们请家长到学校开"特殊家长会"。虽然他们呼天抢地大叫冤枉，但终于没有逃过家长的惩罚。看着他们再也笑不出来的样子，我躲在校园操场的竹林里笑得四脚朝天，满地翻滚。

　　自那以后，我体会到悄悄躲在背后搞的恶作剧，比明火执仗赤膊上阵地站在前台收获得意同时也收获仇恨与报复的恶作剧，令人开心得多也安全得多。它甚至让人体验到一个系列

作案的罪犯悄悄躲在人群中偷窥自己"杰作"的得意和不被抓住的侥幸感，这既可以让人感到开心和愉快，某些时候甚至让人有一种智力上的小小优越感。无须杀人放火，我也能体验到开膛手之类智慧型犯罪带来的乐趣。虽然，每次事件之后，都有很多人用狐疑的眼光怀疑甚至审视我，但他们最终因拿不出证据，而无可奈何地放弃追究——还有什么能比这更令人开心的呢？

　　这种乐此不疲的游戏，我玩过许多，比如将某位同学的钥匙藏起来，在他焦灼寻找了几天无法找到，最终绝望地受了父母的处罚并再次配好各种钥匙时，又将钥匙还回到他书包里；比如，将一个同学急着要交的作业放到她同桌的口袋里，找了半天没找到，只得重新做，后来两个人当场打了起来……

　　当然，并不是所有恶作剧都达到令别人受损而让自己快乐的效果。比如在1987年圣诞前夕，我从短波广播中听到香港某电台在向读者派送圣诞卡片。依当时的见识，我本能地认为这是一个骗局，而我从中嗅到了恶作剧灵感，于是以班上最不喜欢的男生的名义，给电台写了封肉麻兮兮的信。我想象的是这封信受到学校的追查，那位同学垂头丧气地接受老师的处罚。当时觉得好玩，现在想来，这已不是个恶作剧了，而是一种极其可恨的恶行，只可惜当时没有意识到而已。

但万幸的是这事并没有带来什么严重的后果，不仅没有人来追究"里通资本主义"的责任，相反，在圣诞前夕，那位同学真收到了电台承诺的圣诞礼物——一叠非常精美的明信片，那是当时内地技术设备完全达不到的精美，即使花高价也难以买到。那位同学将这飞来的礼物分赠给许多要好的同学，换来各种礼物。而在人数甚众的受益者中，唯一没份的，就是劳神写信费邮票的我。这也算是玩恶作剧却弄巧成拙的最高境界，只伤自己，不伤别人，相当于舞剑削掉了自己的鼻子。

弄巧成拙的恶作剧还不仅止于此。在圣诞节明信片悲剧之后不久，我又干了一件恶作剧——仿冒班上一个屌丝男生的口吻，向我们的班花也即班上少有的几个白富美之一写了一封情真意切的情书，那女孩是包括我在内的很多男生心中的女神。在我看来，他们之间的距离，比牛粪与鲜花的距离还远，这种反差，是我恶作剧的出发点。我甚至想象那女神把情书交给老师或让班上最牙尖的胖妹捏着嗓子念出来，众人一通癞蛤蟆天鹅肉之类的起哄，那该是多么好玩的事情。

但这个场面最终没有发生，不知是我那封寄托了自己感情的情书写得入戏太深，还是月老喝醉了酒丘比特撞昏了头，总之，那封信不仅没有给那位屌丝男生带来灭顶之灾，反而将他们俩撮合到一起。多年后，他们结婚了，每次同学会，他们都会说起要感谢那个奇妙的撮合人，但没有一个人愿意承认。

我的这个恶作剧，直接让班上半数以上的男生有了失恋的感觉，作为其中之一，我开始反思自己从恶作剧之中找寻乐趣的无聊与可耻。而就在我改变立场要重新做人时，在无心的情况下，又干下一件巨大的恶作剧。

那是 1988 年的夏天，有一天，我在家中午睡的时候，听到妹妹和她的闺蜜小兰在聊私房话，她们聊着聊着就聊到了我们的校花小荔。两个小姐姐无限不服气地说，别看小荔脸蛋漂亮身材也不错，但屁股上有一个蝴蝶形的胎记，很难看。那时大家都在厂区澡堂洗澡，这应该不是太难就能看到的。原本已打算洗心革面的我，出于八卦的心理，向同学小乐说了这个对男生来说是惊天秘密的事。跟小乐这个快嘴说了的后果，也就相当于给全班的男生都说了。几天之内，有关蝴蝶和胎记之类明的暗的词汇，成为班上男生们神秘兮兮的暗语，大家各怀意味甚至有些淫荡的神态终于引起了小荔的注意。大家并没怀疑她是被偷窥或别的什么原因，而是想当然地往生活作风方面想。而事实上，在那个时代，被偷窥与生活作风问题，原本是可以画等号的羞耻。小荔在知道了原委后，写下了一封悲愤交加的遗书，然后吞下了一百颗安眠药。幸好药是过期的，而且也发现得及时，她被洗胃抢救了过来。老师追查谣言的发源地，追根究底把我给揪了出来，我也因此得到一个留校察看的处分。这是作恶多年受到的第一个实质性的处罚。

从那以后，我再也没想过要捉弄任何人，并从中找寻乐趣，我知道这并不是一件好玩的事情。

故事提供者：丁龙辉（公务员）

讲述背景：与儿子同看一部印度电影，电影讲述的是一个以恶作剧捉弄人为乐的年轻人，在长大后受到当年被捉弄的受害者用相同方法报复的故事。儿子说同学之间偶尔会开些过分的玩笑，由此引发一段不堪的青春回忆。

一夜之间输掉的未来

　　我至今还记得那一晚昏黄的灯光，和烟雾笼罩着的人们一声声因输赢而变换着的喜悦或痛苦的叫声。那一个夜晚，是我人生的转折点，我大半生的坎坷与不顺，都可以溯源至此。

　　那一年我17岁，技校毕业之后被分到山区一家轴承厂上班。厂子是三线建设的产物，离最近的乡镇有十多公里，自成体系地形成一个小小社会。在那个幼儿园菜市场小卖部一应俱全的小小世界里，最缺少的，是年轻人最渴望的娱乐。厂子里，图书室倒是有一个，但差不多有十年没有买过新书了；俱乐部偶尔会放一部城里很久之前已放过的老电影；俱乐部后来改为录像厅，再后来变成了台球和游戏机室了，这几乎就是厂里几百号青年工人唯一的娱乐场所。这群刚踏上社会的小青工，还不像已成家了的前辈那样，每天偷点厂里的钢材或木料做做菜刀家具，或上山打猎下河摸鱼偶尔偷只鸡或顺一条狗，吃得全家呼儿嗨哟满嘴流油。对于十几二十岁的我们来说，这样的生活还太平静太遥远。对于那个年纪的大半孩子来说，平凡本身，便是不可原谅的罪过。

不想平凡，而又不能不平凡，似乎就是我们的宿命。这二者之间的距离，就是我们的痛苦之源。不高的工资，一眼望不到"好"的前途，缺少娱乐和精神支撑的业余生活，无一不往这团痛苦之火上浇油，让我们度日如年。而唯一能让人好受一点的，只有两件事，就是喝酒和赌博。它们就像鸟儿的两只翅膀，扑扇着让我们平淡而绝望的日子飞得更快一点。

在所有青工中，只有三个半人在试着从这种温水煮青蛙的状态中挣扎出来。一个是搞音乐的，每天苦练吉他，多年后成为一家酒吧的驻唱歌手，还参加了一个很火的电视选秀。另两个，一个热爱文学，天天埋头写东西，几年后去了省城当记者；一个关注法律，立志要自考法律文凭和律师执照，自救愿望异常强烈。而那半个，就是我，我被那位立志要当律师的同事感染，也近朱者赤地想自学点什么，为了有伴，也选择了法律。这其中一半的原因，是因为我的记忆力尚可，背东西没负担；另一半原因，是因为那个同伴是女的，长得也还不错，至少在厂区范围内是这样的。

　　我和那个女同伴约定，每个月从生活费中攒 10 元钱下来，用于半年后一起去省城买自考书和复习资料，争取在三年内啃下所有学科，等拿到文凭，就一起辞职，到城里去当律师。那时，我们对律师这个职业的未来前景并没有一个明确的认识，仅是凭着一种直觉，

认为那是可以改变我们命运的方法。在我们看来，离开那鬼都不下

蛋的山区工厂，就意味着胜利。这也就是我愿意把每个月五分之一的

工资积攒下来，并天天将枯燥的法律课本看得跟情色小说一般来劲

的原因。在复习和交往中，我和那位女同伴，也因为有共同的目标

和爱好，而彼此越看越顺眼。不难想象，如果不出意外的话，我的

人生道路，应该是那样一个顺序：自考，拿文凭，当律师，迎娶另

一个律师，组成经济收入和社会地位都不错的律师之家，永远脱离

以往的那个阶层……

　　但意外却在我和同伴即将上省城去进行考前培训的前夕轰然

降临。

　　那天下午，我揣着从储蓄所取出的 70 元钱，这可是我省吃俭用

近八个月攒下的全部家当，一路想象着和女同伴一起坐车到县城然

后到省城，找到她托关系联络上的电大班，去蹭人家的复习课。通

常，这样的考前复习，都会或多或少地撞中某些必考的东西，那样，

我们可就事半功倍地离目标更近了。我甚至都开始想象，顺利听完

复习课并买好资料后，我们偷闲去省城的公园闲逛，像电影中的情

侣那样……

　　但就在这时，我与我人生中的重要灾星、一生衰运的引路人余

大脑袋迎面相撞，我人生的悲催之门，由此打开。

余大脑袋像溺水的人抓住一根稻草似的薅住我，说："有没有钱？借点给我！"没有转弯抹角，没有掩饰，单刀直入，直奔主题，一看就是输急了想捞回来的样子。

我本能地捂住包说没有。没有捂包干什么？这不是此地无银吗？余大脑袋输光了钱但没输光智商，当即察觉了我的秘密。这个体积庞大的同伴之于我，犹如《哆啦 A 梦》中的胖虎之于大雄，无论从交情还是从武力的角度，都是不容拒绝的人。我被他死死按住，如老鹰擒住小鸡，连象征性的挣扎还没开始，便被他因输急了而变得更刚健有力的手把钱乖乖挤了出来。

他一数："吓，这么多？阔人啊！你不介意我借一张，不！两张吧？五分利息，月底还你 30！"

我再三解释这笔钱的用途，也没让他良心发现。此时，即使我说是拿回家去给老娘救命的，他也会认为只是拒绝的托词。

还好，他最终只抽了两张，对我说："走，跟我去 601，如果我赢了，现场还你 30！"

他没说另一句潜台词——如果输了，我会是他翻身的希望。

活该我有此一劫，盘算着能收回属于自己的钱，顺便再捞点利息，这贪念一起，便失去了最后逃脱的可能。

601是配电车间几个青工的寝室，因为大家共同的爱好——赌博，而成为全厂赌徒的聚点。铁打的601，流水的赌徒，24小时都很热闹。以往我偶尔也去，不过每次都会在输赢十元以内离开，因为我觉得那不是我应该有的生活。但那天，也许是急于捞回余大脑袋从我这里抽走的20元钱，我的心理有些失衡。我甚至幻想，在捞回那20元之后，能再赢点钱，让我和我的那位女同伴，能去省城的电影院看一场电影，甚至撮上一顿名小吃。这一念之间，使我也把手伸向了牌桌，在吆五喝六之中，输掉了我的报名费；在妄图捞回报名费时，又输掉了资料费；在妄图赢回以上二费时，我又输掉了住宿费；当我最后以孤注一掷的姿态把车费押上去，并看着它在庄家的怪笑声中灰飞烟灭的时候，我听到空气中一声长长的叹息……

我没敢去见我的伙伴。她在找了我几次不见人之后，独自去了省城。也许她听到了那晚我的"丰功伟绩"之后，从此再不想和我联络，我也因此躲着她。我发现，那晚，我输掉的，不只是几十元钱，而是改变命运的愿望和勇气。这也是使得我在那位同伴的律师梦实现之后，沉迷于601和酒罐的原因。多年后，她进城了，并嫁给了一个真正的律师，我和山里一个妹子结了婚并生了孩子。在她成为全国知名律师那一年，我下岗了。虽然决定命运的因素很多，但我坚决认为，我的人生，是在那个晕乎乎的青春之夜里输掉的。

故事提供者：程翔宇

讲述背景：17岁的儿子问父亲，一辈子最后悔的事是什么？如果有重来的机会，最愿意穿越回到哪一天去把结果改变过来？于是就有了这样一段回忆。

731事件

　　这个"731"，不是侵华日军的细菌部队番号，而是 1988 年 7 月 31 日。那一天，我所在的学校爆发了一场震惊全市的群殴事件，两个地区的数百名血气方刚的年轻人，在校园内外上演了一场全武行，其规模，已俨如一场小小的战争。

　　事情的起因，众说纷纭，有说是因为本地的学生与外地的学生在旱冰场发生碰撞引起的；有说是因为外地学生偷了校园背后渔场里的鱼嫁祸于本地学生引起的；有说是因为一个本地学生妹喜欢上了外地学生，引发了本地同学的不满；也有说是因为本地学生在游泳池惹了外地女生……

就如同一场浩大的森林大火，起火原因和起火点很复杂，要理清楚，确实是一件非常难的事情。而多年以后，再回顾这场火热得近乎闹剧的群殴事件，我发现，真正的，恐怕也是唯一的原因，是青春，是一大堆过剩荷尔蒙无处宣泄的青春。

作为这场大战最不重要的参与者，我与其说是被裹挟参与，倒莫如说是被迫当了次近距离的观众，而之所以近距离，并不是为了看得更清楚，而是为了自我保护。

在参与打架的两方里，我属于外地学生一方。我们一行七八十人，是从三百公里以外的县城来的。与当地学生不一样，我们都是已参加工作的"委培生"，因为有工资，平时在学校里各种消费场合都有些显眼，衣着也相对要社会化一些。而且，由于远离故乡，大家都本能地抱团自我保护，形成一个比较封闭的小团体。由于比较团结，在以往历次与当地学生的冲突中，我们都明显占据着上风。但这些小胜，不仅没有为我们争得当地人的认同和尊重，反而积累起大家对我们的愤恨，积小愤为大愤，并最终推进到不打一架不足以解决的地步。

就像所有战争一样，开战之前总是有各种的传闻，这些往往在事后都证明是谣言的传闻，却是激起大家战斗勇气的兴奋剂。以731事件为例，在之前两天，就有传闻说本地学生将在这一两天之内对外地学生下手，到时候必然是见一个打一个，一个都不会放过。而在外地学生中，也有类似的说法在悄悄流传着。

事后回想，这个恐怖的谣言，也许来自于某两拨好勇斗狠的年轻人在街上偶遇时的相互挑衅与恐吓。这种架势，跟一只小狗因为恐惧而向另一只小狗狂吠一样，本是当不得真的。而且，每一个群落都像森林里的一样，既有老虎狮子，也有鹿和小兔。耀武扬威、惹是生非，是老虎狮子们的特权，而他们之间相互的斗狠，最终裹挟着把鹿和小兔们都卷了进去。小动物们虽然没有什么战斗力，但在数量上可以壮壮声势。

依此原理可以推测出大战前流言的起因，大致是本地学生与外地学生中的狮子和老虎们在街头偶遇了，在积怨与荷尔蒙以及闷热天气的作用下，双方对峙并撂下狠话，然后各自梗着脖子散去。这和大多数古惑仔电影中的桥段没两样。当时叫骂的，肯定是让对方别再出现，否则见一次打一次之类。而这段话，被双方各自放大地"翻译"成了"见外地学生"或"见本地学生"一次打一次，一个都不放过。几只猛兽惹下的事，一下子变成了整个族群之间的对立。流言在传播过程中，不断被加入想象力丰富的元素，这个说已看到对方在磨刀，那个说已看到有人在学校背后的废钢材场找铁棍。大家都以"赵家的狗何以多看了我一眼"的狐疑心态，无限放大着恐惧和敌意。连对方女生多打了几瓶开水之类的常事，也被解读为充满了战斗意图。

气氛像气温一样直线往上蹿着。双方都依据对方的行为，在悄然做着准备。那一年的夏天据说是几十年来最热的，而几百个血气方刚的年轻人在恐惧中越聚越紧张的空气，并没有被老师和管理部门察觉。高温高压的空气里混杂了太多易爆的因子，只需小小的一个火星，就会炸出不知道多大一个声响来。

就在大家像等着一只靴子落地般心悬着等待那一颗火星的时候，

火星以意料不到的方式来了——在最容易引发直接冲突的食堂，一个本地学生被外地学生撞了一下。那个外地学生究竟是有意的还是无意的，只有天知道了。被撞的那个本地学生是个小矮个，他原本没有实力和勇气与撞他的人理论的，但他身后的一群小伙伴，成了他勇气的来源。在大家剐骨刀一样的眼色的威逼下，他像一只充满了能量的战斗机，把碗中撒得还剩一半的饭，连汤带水向高个子扔去，接下来，跳起来一耳光扇过去。其情状犹如老鼠跳起来扇了猫一耳光，既敏捷又滑稽，直把围观的众人看得笑了起来。这笑声对挨打的一方的杀伤力，远大于耳光本身。高个子也不示弱，抢起手中的饭盒向小个子砸去，小个子瞬间红烧粉丝挂头，睁不开眼来。高个子要乘胜追击，小个子身后的弟兄们一拥而上，由一对一变多对一。而近处的外地学生也纷纷投入进来，变成一场多对多的战斗。一时间饭堂里板凳狂跳回锅肉乱飞，一片兵荒马乱的场景。

如果你认为这就是高潮的话，那就完全错了。真正的高潮，是在校保卫科介入之后。保卫科几个干事在搞不清状况之下，根据双方衣服上油污的程度和叫骂声高低，薅住了几个他们认为的骨干分子，将他们带到保卫科了解情况。被叫去的双方都有，也不存在偏向哪一方，而且，由于当时还没有监控录像，必须靠双方的陈述来论断是非。是与非的根源，就在于撞人的学生是故意的还是无意的，这直接决定双方谁有理。但这个问题又是拴着太阳也说不清楚的。于是，这笔糊涂官司就在鸡生蛋蛋生鸡的争论之中，逐渐走向各打五十大板的传统处理方法上。这种办法，如果是对两个没有宿怨的个体，是行得通的，但对两个积怨已久并猜忌很深的群体，则没有用。在保卫科里，你来我往的争执所拖延的时间，将事件往危险更推进了一步。

随着时间的推移，各种流言在双方学生中流传。流言大体内容是保卫科处理不公，偏向对方，要将本方的同学送到派出所，他们有可能被开除，甚至判刑。

这条消息无异于往熊熊的火上浇了一桶油。局势一下子变得危险起来，人们开始围聚到保卫科，高喊放人，连女生们也声泪俱下地叫喊和演讲起来，这场景让人想起某个电影里鼓动年轻人上战场的场面。

气氛在进一步紧张化。被拉进保卫科里的学生们，看到外面围观者越来越多，也打了鸡血般勇敢了起来，不仅再无恐惧处分之心，甚至有针锋相对决不妥协的勇气。于是，斗嘴继续升级，由文斗到肢体冲突，进而上升为武斗。屋内的战斗，瞬间如扔进油池的火把，把保卫科外操场上的人们点燃。一时间，双方兵对兵、将对将，扭打厮杀起来，原本备好的木棍、短刀和砖头，也穷图匕见，跃然眼前。操场上的人们，如非洲食人鸟一般时而围聚，时而分散，呼啸而来，呼啸而去……

　　直至派出所警察到场，鸣枪三声，战斗才宣告结束。整个战斗持续了近一个小时，操场上花盆、砖头和棍棒落了一地。但喜剧的是，如此热闹的战斗场面，只有十个人受了轻伤，到医务室洗掉鼻血擦点碘酒就搞定了。唯一一个被送进医院的，是我们的一个同伴，这个二货不知被什么催眠，手提两条钢尺，从二楼上勇敢地飞了下来，滞空动作如电影中的慢镜头，够他自吹一辈子，但落地姿势不够完美，左脚被摔成粉碎性骨折，他也因此成为本次事件受伤最重的人。

　　在整个事件中，我不想当勇士，也不敢当叛徒或逃兵，随着人群奔来跑去，躲过了凌空飞过来的一个花盆和一把椅子。作为一个见证者，我看到了年轻人心中那充满激情又易于被煽起的力量，其可怕与可笑以及可爱，都有那么一点点。

故事提供者：许太平（公益人）

讲述背景：与女儿看《阳光灿烂的日子》，其中关于群架的场景引起女儿好奇，女儿问："爸爸，你打过群架吗？那是什么样一番场景？是凶暴还是残忍，抑或搞笑和滑稽？"于是有了这段讲述。

约几个伙伴去天堂

　　如果那天不出意外的话，我不知道现在会是什么样一番情景。我的墓前，会不会像小薇的墓那样，已长出了十几米高的一棵树？每当我路过公墓，看到它因季节变换的色彩和因风向变换的身姿，就会想起那一段像是被人催眠了一般的青春。

　　那是 1989 年，我 17 岁。我记得那一年的秋天特别绵长，街道两旁的树在阳光的映照下，把世界烘托得如同隔着一杯茶水透过的阳光般暧昧而温暖。这样的情调，是很容易让人产生无力感的，一如喝下一杯热乎乎却劲道十足的蜜酒，让人提不起劲，不想干任何

事情，只想一个人躲在卧室里，看着白色窗纱在暖色调的风中轻轻
摇摆。感觉这个世界上，除了自己之外，也只有自己存在。而这种
渴望与世隔绝的感觉，对一个17岁的青春期女孩子来说，是极其不
正常的。特别是这种黛玉葬花型的独啜并不是我惯常的调调，此前
十几年里，我通常是以顽皮与搞怪示人的。

那时候，没有心理问题这个概念。只要手不断脚不残吃得下饭
拉得出屎而且没有咳嗽发烧之类，人们断不会把自己心理上的巨大
变化，当成一回事。但殊不知，人在一念之间的想法，可以决定他
的命运，心理状态如同一个软件，只要一捣乱，足以让整台机器陷
入崩溃。

我当时并没有崩溃的危险，只是无限迷恋并享受一个人独处的
感觉。为了体会那种纯粹的愉悦，我把床单、被子和室内一切挂件
和饰物，都变成了白色，那种白，是一种全新的毫无杂质的白，白
到了阴影处反射出淡蓝光泽程度的白。屋子里所有非白色的家具与
饰物，甚至桌上的摆件，一律变成了有些变态的白色。而我，也近
乎病态地享受这种白色，容不下任何一粒皮屑、毛发甚至物体投射
下来的阴影。很多时候，我都会脱光衣服，像蜷居在一个蛋里一般，
安然地享受这一份不被人打扰的宁静。

但与这种享受相对的，便是我在此房间之外所有时间的焦灼与如坐针毡。这个小房间以外的所有一切，包括家人交谈的声音、父母关切的眼神，跨越雷池进入到我的世界的一个小孩或一只飞蛾，都会让我的心情，如同一池湖水中被扔入了巨石，久久难以平静。我会将这种不平静，放大成一种挫败感。

我的同学小薇，也有与我相近的感觉。与我对白色的迷恋不同的是，她迷恋着的是三毛与荷西的爱情，每次念起三毛的文章，特别是"每想你一次，天空中落下一粒沙，世界从此有了撒哈拉"之类句子，都忍不住声色哽咽泪流满面。那时，她正在进行着一场早恋，对方是比我们大几年级已考上大学的学长，两人隔着几百里每天写一到五封不等的信，相互缠绵着。但那位学长并不是荷西，加之大学的学业也让他不能够承载得动她的这番浓情与蜜意，还没来得及等他们的思念垒成一个小沙丘，他们就分手了。这对小薇来说可不仅是一场稚嫩的初恋的失败，而是一场梦的破碎，其打击是可想而知的。

据说失意者和沮丧者的气味是有相互吸引力的，就如同坏运气喜欢哭丧脸一般，我和小薇，彼此就有了心照不宣的默契。我们俩不约而同地将对方当成自己不如意的倾诉对象，彼此交流着不愉快和沮丧。把一个不愉快变成一堆不愉快，并彼此如遇知己般地感慨对方对自己的"懂"，大有人生得一知己足矣的兴奋感。殊不知，这种"为赋新词强说愁"的少年情怀，加上一些没有人帮忙疏解的不健康心理，正将我们推向一个极其危险的境地。

我们青春期的焦虑，再加上一些半生不熟的理论的煽风点火，和一些杂志上故作深沉的冷色语句，更是如火上浇油一般。我们当时最受用的，净是些什么"人生是没有意义的，我们活着的每一天，就是渐渐死去的过程"之类的句子，我们并不真正明白这些话的实际意义，我觉得它似乎很合心意。小薇的反应，比我更强烈，她说："一想起死，我就觉得很舒服。"事后多年我才知道，这其实是抑郁

症的征兆。可惜当时的我，并不知道这些，只一味地跟着她的思路，将她向往的死亡天堂，与我所迷恋的洁白世界对接了起来，不由自主地心向往之。于是，就循着她的思路，开始筹划着"一起去天堂"。为了旅程不寂寞有人一起玩，我们决定再约上几个小伙伴，像筹划一次短途旅行一样的随意和自然。

在我们的伙伴名单里，弹吉他的小旺，跳霹雳舞的健，会做菜的小芬和能讲很多故事的冬梅，都在其中。这确实是一个快乐旅行的阵容。但这次旅行的目的地，却与以往的不一样。请原谅我不得不用化名称呼上面的同学，因为我不愿让他们在多年之后，为那一次险过剃头的经历，再流一身冷汗。

在是否告诉他们"旅游"目的地的问题上，我与小薇发生了分歧。她觉得这是一件幸福且快乐的事，但我心中却有些发怵，因为未知的"天堂"与我们之间隔着"死"这个界线，而这玩意，我一时半会确实难以用完全正面的想法去理解它。这也可能是我与小薇最终走上殊途的原因。

小薇以近乎催眠的腔调说服了我，让我暂时觉得，将小伙伴们从"无意义且正在缓慢死去"的人生拯救出来，是一件有意义的事情。我甚至已想象出，在开往天堂的洁白巴士上，我们唱着歌说笑着，看着彼此永葆青春的容颜时的快乐场景。

但是，通往这美丽场景的手段，并不美好。在对各种方法进行了权衡和比较之后，我们选择了自以为最不血腥最不痛苦也最不恐怖的方法，用红酒兑着安眠药，在一场宛如生日晚会一般的饺子宴中，实现一次跳跃……

小薇负责买红酒和置办饺子等材料，而我因为妈妈在医院工作，对药房的情况熟悉而负责去搞药。我在药房里和熟识的阿姨没话找话扯东道西聊了许久，趁她转身去拿药时，偷偷取了早已看中的安眠药，飞似的逃了出去。我穿过走廊穿过就诊的病人穿过救护车穿过住院部和食堂，快要逃出医院后门时，意外发生了。在我飞行的前方，出现一个障碍物，这个我命中注定的救星，是医院工会干事云伯伯。我时常在图书室借书时碰到他，但以撞击的方式相遇，还是第一次。

我们相互致歉，从地上爬起来，我继续以更快的速度开溜。但身后传来云伯伯急促的喊声，我停下脚步回头，看见他手里拿着我刚才从药房偷到的安眠药瓶……

云伯伯以告诉我妈妈为威胁，将我带到图书室。在抵抗了小半天之后，我局部承认了自己打算去"天堂"的事，但只说了属于自己那一部分，而把小薇及她的计划，悄悄隐藏了起来。我当时觉得那是出卖朋友，而这愚蠢的"忠诚"，令我悔恨一生。

云伯伯在听了我的叙述，特别是我作为行动指导思想的那句"人生没有意义"之后，语重心长地给了我一个答案："人生没有意义，但我们要努力赋予他意义！"这段话，不管是否是为了安慰我而说的，但它确如一根定海神针，牢牢定住了我飘忽的心绪。

之后，我没敢再与小薇接触，甚至有意提醒朋友们离她远点。我不知道这种行为是否助长了她此后更过激的行为。我自知不能像云伯伯那样，有足够的学识和人生经验，一锤定音地将自己拉回来，我害怕自己原本并不坚定的意志，在重回小薇面前时，禁不住她那迷醉的音调和眼神的引诱，重回到那条"天堂"之路上。在此一年之后，小薇最终还是用一根绳子，把那件事办成了。我听到之后，不知是伤心，还是后怕，一连几个星期没有说一句话。

故事提供者：梅卉贻（房产经纪）

讲述背景：14 岁的女儿时常读一些悲伤哀怨的作品，并经常呈45 度角仰望天空发呆，QQ 空间上与小伙伴的留言，也全是些灰暗和消极的词句。这让母亲充满担忧，想通过年轻时的经历，给孩子以警醒和帮助。

改了十次名字的青春

从 11 岁到 18 岁这几年时间里，我一共改了十次名字，以至于不同时段与我一起读书的同学，记忆中的我，名字完全不一样。

我最初的名字，叫林小兵，它来自于爸爸妈妈的理想。他们想生三个小孩，分别起名为"小红""小小""小兵"，凑成当时最时髦的"红小兵"。经过几年努力，他们终于心想事成，完成了心愿，生下了我们兄妹三人。而我和大哥，却心不甘情不愿地领受了"小红"和"小兵"，这哪是男孩和女孩的名字啊？只有二姐，对她的"小小"还算满意，在我和大哥受人嘲笑时，冲我们坏坏地笑。

本来，最理想的状态，是我和大哥把名字互换，他叫"小兵"，我叫"小红"，虽然没什么特色，但大致与性别吻合，不会引来误会、惊愕和嘲笑。但问题就在于，父母不敢把"红小兵"的排序改成"兵小红"，这事搞不好会招灾惹祸的。

　　这种尴尬一直持续到 1977 年我小学毕业。那时政治空气已相对轻松，读初中的哥哥已将名字改为"晓洪"，这样从字面上看相对要中性些，而我也趁机搭车，将名字改为"晓冰"。这是我第一次改名，基本还算正常节奏，当时我们班上叫"文革""卫东""红卫"的，都陆续有此动作。

　　跟着哥哥改的名字，只算是一次换汤不换药的修正，并没有从根本上改变我对那个名字的不满。一个人不喜欢甚至恨自己的名字，那是多么可怕的一件事？我在第一次尝试改名，并小小地跨过界试过一次之后，胆子就大了起来。我决定趁着父母不反对，颠覆性地改一个好名字，让别人叫我或我自己在心中默念时，有一种美好的感觉。

　　于是，我有了第二个名字。

　　这个名字来自于当时刚刚解禁的黑白电影，电影的女主角，是一位名叫王丹凤的明星。她有着一双著名的丹凤眼，令许多人着迷。看她演的电影，我像所有十来岁的小女孩一样，情不自禁地将自己也代入了进去。我甚至认为，自己的眼睛也像王丹凤的眼睛，只是可惜没有另一双眼睛来发现。于是，我决定用另一种方式，来提醒大家，而这种方式，就是改名字。我的第三个名字，叫林丹凤。

　　但是，这名字带来的快感远远少于它带给我的麻烦。从到派出所改名字，那个中年警察用怪怪的语气复述这两个字开始，人们就像商量好了似的，都用近似的情绪面对我这个新名字，仿佛担忧"丹凤"这两个字，如一顶重达几百公斤的金冠，放在我小小的脑袋上，会产生严重的后果。而这种担忧里，分明还有最最恶毒的怜悯，言外之意，跳不出那三个字：你也配？

这种感觉虽让人很不舒服，但并没阻挡住我改名字的步伐。我从人们不认可的表情里，读出的不是大家对我生硬模仿而改名这个行为的否定，而是觉得大家不认可这个名字的原因，是这个名字太老气，还不够时髦和洋气。于是，我又搜肠刮肚，找到了另一个名字，就是当时最热门的电影《小花》里的刘晓庆。在那部电影里，新鲜出镜的几个演员，后来都成了大明星，而其中刘晓庆的一段极其煽情的，用血淋淋的膝盖跪着抬担架爬石阶的镜头，配上"妹妹找哥泪花流"之类在当时非常新鲜的抒情音乐，顿时把刚从八个样板戏和渐渐解禁的几部黑白片里苏醒的观众们，带入了一种嗨的感觉里。大家不约而同地喜欢上这部片子，并将其中最显眼的刘晓庆视为偶像。在这种情绪里，全国不知道有多少女孩子改名叫"晓庆"，而我，成为其中的一个。

在很长一段时间里，我都陷在一种狂热的想象中，认为拥有什么样的名字，就会成为什么样的人。这种感觉，与认为买下多少书就等于拥有多少知识，或给萝卜贴上一个标签它就变成了梨一般不靠谱。但十二三岁的人的想法，没有人能琢磨，特别是她还是一个相信童话和梦，但对现实又有浅显而跃跃欲试愿望的小女孩。

晓庆这个名字叫了一段时间，香港电视剧开始流入内地。那些现在看起来制作粗糙的剧集，在当时却因为形式感的特别，再加之其中诸多可人儿的精彩演绎，而让我们欢喜雀跃。与饰演霍元甲、许文强等角色的青春偶像一起进入我们眼中的，还有米雪、赵雅芝、汪明荃、翁美玲等港台女星，由此引发的连锁反应，不说你也该懂的——我渐渐对人们已渐认可的"晓庆"这个名字，产生了不满足感。我觉得，应该改一个更"港"的名字，就像当年很多年轻人干过的那样，"港"是一种风向和标准。

该改个什么"港"名呢？"林雪"？不"港"，还和班上另一个叫雪的胖妞撞名，不要！"雅芝"如何？她居然最终没有和许文强结婚，不好！"明荃"怎么样？字面意思还可以，但念起来读音跟我二叔的名字一样，还是算了吧！

历经周折，我选了"美玲"，因为这个名字有女孩子最喜欢的"美"，而且"玲"还有音乐感。最重要的，是她演的黄蓉既调皮又聪明伶俐，最最重要的是，她和她的靖哥哥终成眷属，结局美满。

　　从以上选择的心路历程可以看出，我不太清晰的头脑，选择名字的标准和逻辑是混乱和随机的，但目标和方向却非常明确——我十分偏执而病态地认为，名字可以帮助我成为自己想要成为的那个人。

　　在这种心态支使下，我还在被张海迪事迹感动之后，动念将名字改为"学迪"；在中国女排获得世界冠军时，想着将名字改为"超平"，意指希望能"超越郎平"。这些名字，比之于前面那些硬邦邦抄来的名字，有一定的升华，至少让人觉得不是简单的模仿，而更觉得像是一种决心和一个心愿。这种宣示作用，表明我自己虽然跌跌撞撞，但终究是在向前，虽然这种"向前"，还有太大的幼稚和不稳定成分。

　　在我 17 岁那年，我迎来了一场懵懵懂懂的初恋，与其说是恋，倒莫如说是一场莫名的单相思。一位姓邱的同学，如同箭靶一样，吸引了很多女孩的好感，而我投去的是最多的，被反弹回来的也最多。因爱或嫉而生出的恨意，让我咬牙将名字改为"忘秋"。这个举动跟现在某些傻妞们把恋人的名字纹到肚脐上一样的愚蠢，除了证明自己是白痴之外，便再没有别的用处。这一次短暂的改名，在冲动结束之后，便告完结。我甚至都没好意思向人们公布，更不用说到派出所去面对户籍民警那戏谑的笑问:"小妹妹,这次你又准备叫什么?"

我的改名,几乎就是青春的一个象征,那种如同不知方向的风一般的思绪,忽东忽西忽左忽右,所指向的,都是我并不太明确却努力想让它明确的一个个愿望。而这些愿望,因当时对世界和事物的认知局限,以及稚拙的心绪与冲动的激情相混杂,而显现出一种怪异来。那是一段人生历史,难以从生命的年轮中抹去。

我最终定稿的名字"勤",来自于备战高考的最后一年,那是我对自己的期许,也是对自己人生尘埃落定的认定。

故事提供者:林勤(医生)

讲述背景:和青春期的儿子聊天,无意中说起青春时期最难忘的事情,儿子问:"妈妈,你能不能用一句话概括自己青春的特征?"于是就有了这段讲述。

以诗歌之名的旅行

　　在我年轻的时候，诗歌和诗人，都是受尊敬的词语，我的同龄人里，谁的枕边没有一本抄写着各种感人句子的笔记本？同学之间的新年祝福和离别赠言，大多也是以分行文字来表现。校园里，各种名字奇异的诗社，此起彼伏的讲座和朗诵会，让人仿佛置身于缪斯的花园。那时，一个著名诗人，犹如时下的偶像派歌星一样被追捧。而能小小写几句歪诗的同龄人，也可以获得人们的尊敬和羡慕，甚至受到那些一向不太容易以青眼视人的品质女孩的关注。

　　那样的氛围，促使每个人梦想成为诗人。这梦想实现起来并不难，只需每天抱一本诗集在校园的湖边坐着，或低吟，或朗诵，或托腮沉思，或呈45度望天走神。干完以上这一系列动作，你就已经成为初段位的诗歌爱好者、准诗人了。这时，会有人主动和你搭讪，问你读谁的诗，并由此引来共鸣或争论。从市面流行的席慕蓉、汪国真，到有些段位的北岛、舒婷，到陌生而亲切的余光中，到高段位的惠特曼、金斯堡、波德莱尔或歌德、雪莱，都会引来不同的赞叹或鄙视。而在这些否定与肯定的表情里，你渐渐就找到了"组织"，与一群相互认同的人聚集到一起，大家从读诗到论诗并最终开始写诗。

平心而论，那时的大学校园是适合诗歌生长的。每晚，在操场、

阅览室、宿舍或校外小茶馆里，总有几十场以诗的名义展开的聚会，比今天大家互通招聘信息或投递求职简历、分享面试经历的小聚会还多。空气里时时有一股不切实际的浪漫气息，虽然，那时我们的口袋里，并不比现在的孩子们有钱，我们的肚里，也不如时下孩子们肚里这样油水充足。但那没来由的浪漫，我觉得更接近青春的实质，梦幻、缥缈，但美丽十足——这是青春与诗的共性。

　　我对诗歌的爱，就是在那样的氛围中被激发出来的。和那些动辄就写"扛着自己的尸体走在大地上"之类的莽娃诗人不一样，我更喜欢清新悠扬小桥流水式的婉约氛围。读古诗词，最能入我心的都是些凄凄惨惨戚戚的句子，张嘴就是寒蝉凄切古道西风之类，虽常引起先锋兄弟们的鄙视，但能引来几个女诗友的共鸣。凄美冷色调的诗，加上黛玉葬花式的自怜，再加上我那双据说"天然闪着忧郁光泽"的眼睛，我经常恍兮惚兮地把自己当成有着不知名烦恼的少年维特。

　　就在我沉浸于这种温润美好与莫名忧郁交织在一起的诗意中时，我的一位同窗诗友在当时最著名的诗歌刊物上发表了一首诗歌，据说拿了一元钱一行的稿费。乖乖，那可是一份回锅肉的钱啊！一首诗几十行，少说也是几十份回锅肉啊！这哥们豪气，将这笔稿费全买了酒菜，请大家吃喝一顿并撒足了各种诗意或不太诗意的酒疯。这对于不写诗的人来说，是一次幸福的犒赏，但对其他写诗的人来说，却是个不幸福的刺激。而随着写诗和投稿的人越来越多，这样的刺激也越来越多。最刺激的，是一位校友在全国性的诗歌大赛上获得一等奖，奖金1000元。在20世纪80年代末期，这可是一笔足够一学年吃喝的巨款，而荣耀感，则更不必说了，至少应该和当下一场选秀的优胜者不相上下吧！

这事让写诗的同学们心慌手痒起来。除了极少数认为诗歌应该超然脱俗，不与庸俗的名利有纠结的人之外，多数爱诗写诗的同学，都开始行动了起来，或用复写纸抄诗投稿，或报名参加刊授函授，结交知名诗人作老师，或干脆自办诗刊呼朋唤友，互写评论相互捧场。

而就在这个时候，一场以诗歌的名义展开的旅行，也迎面向我扑来。

这次旅行缘起于一次投稿。那是1991年秋天，我投出去的数十封诗稿终于有了回音——我的处女作在一家著名诗刊的刊尾发表了。说起来很汗颜，这其实是从我那几百首诗中选取的几小行：你离我十步之遥／我离你／一步一个／天涯。后面还有我的通信地址。这压根儿就是编辑部为了保护初学者的创作激情而设置的"安慰奖"。

尽管如此，我心中仍难掩处女作变成铅字的兴奋与激动。而其后几天，每天两位数甚至三位数的各种来信，则更是让我有种受宠若惊的感觉。

这些信，有文友切磋联谊的，有提议结交笔友的，有寄赠自办诗报并邀约入伙的，甚至还有承诺寄一元钱出去一年之内可以收到上万元的"金锁链"游戏……

一封笔会邀请信，也夹杂在其中。这个个头巨大的牛皮纸信封上赫然印着几个让人肃然起敬的大字，那是一个文化研究机构的名字。那封信里说我有"诗歌创作潜质"，邀请我到北京参加可以与杂志编辑面对面切磋，以提升写作能力和知名度的笔会，但食宿和会务费需要自理。

我把收费那页信藏了起来，然后把信拿出去足足显摆了小半月，趁着热度，开始筹备起人生的第一次远行。我以各种稀奇古怪的理由，向爷爷奶奶外公外婆爸爸妈妈甚至姨妈和舅舅等一切可能向我提供资金的长辈要了数额不等的钱，凑够了路费、住宿费、伙食费和会务费。然后又以同样稀奇古怪的理由向学校请了假，买了火车票，一路浩浩荡荡到了北京。

在前往北京的三天两夜火车旅程里，我被自己的想象迷得晕晕醉醉的。我幻想着如电视上召开的那些大会一般的会场氛围；幻想着儒雅美好的偶像诗人们如神仙般地飘然而至；幻想着来自全国各地的诗友们特别是女诗友们在一起谈点让人如坐春风的诗或别的东西；幻想着杂志社的编辑从我背包里那半尺厚的诗稿里找到一些闪亮的文字，并像找回失散多年的儿子般把它抱在怀里，然后是发表，辑集，诗名远播……

　　然而，以上的一切，均没有发生。经过多番挣扎和寻找，我终于在北京东四十条一处小街的地下旅馆里找到会议地址。在缴纳了几百元钱的会务费和住宿费之后，我被分到一间八个人住的房里，先来的那七个人正沮丧地在那里抽烟并交流着自己的失望。这些人年纪从十几岁到六十几岁的都有，有的还带来了吉他，想必此前几天，也有与我相似的绚烂期待。

　　之后几天，在昏暗的地下会议室里，来自各个大学或杂志社的老师们，陆续为我们上了诗歌创作课。那些老师，有些听说过，有些却从没听说，他们讲课的目的，似乎只有一个，就是让我们知道自己的不足，并且打消写诗的念头。至于我们抱以期待的当面选稿和评稿，则更是没影的事。

　　幻影一个个破灭，可能是由于心境不好的原因，我最后残存的期待找到几个能交流的诗友的希望也黯然了。我目光所及的诗友们，要么是袜子脏到可以立在地上的主儿，要么是把酒瓶子往自己头上砸的亡命徒，要么是给你讲冒充编辑在外混吃混喝多少天的混混，要么是一个长着刘姥姥的脸却以为自己是林黛玉的自我感觉良好者。请原谅我用这种不厚道的表达方式来描述我的失落，因为不这样，不足以表达我那份掉到谷底的心情——像一把热情的烙铁遭遇到迎面而来的一盆冷水，除了失望，还是失望。而这种结局，皆因为我抱的希望太大也太过于美好。

之后多年，我依旧爱着诗歌。虽然，各种各样的通知和邀请函，还源源不断地飞来，但我再也没有参加过笔会。我甚至有些偏执地认为，诗歌后来的冷落与不景气，与这些雪片般飞舞着的信有关。

故事提供者：黄松落（公务员）

讲述背景：读大一的儿子问父亲，现在大学校园里，每晚睡觉前除了在宿舍里一面上网一面等小贩们送炸鸡腿上门之外，便再无别的事可做。你们那时在校园里做些什么呢？由此引发关于校园生活的回想。不知道诗意和炸鸡腿，谁更难忘和值得回味？

我曾是个如假包换的混蛋

姜文说：最滑稽的场面，莫过于一个混蛋教育自己的儿子不要去当混蛋。我觉得这就像是在讲我和我的父亲。我的成长历程，就是一个混蛋教儿子不要当混蛋的过程，而他用的方法，更是极其混蛋的。

我的父亲，是个如假包换的混蛋。几十年来，他独领风骚地收获了大多数邻居和亲戚的诅咒。他的劣迹，可以追溯到刚学会走路那会儿。他将一堆炭灰仔仔细细、完完整整地铲到他爸爸也就是我爷爷刚刚挑了4担水好不容易才灌满的水缸里。他的行状大致还有：

把他外婆泡了几十天一直舍不得吃的咸蛋全砸到马桶里；把他三姑心爱的镜子放到她将要坐的板凳上；骂过他的幺伯上厕所时，他往旱厕里扔炮仗；把圆珠笔里的油墨涂到前排同学的背上……

这些从骨子里透着不知是"顽皮"还是"坏"的行为，令人们都非常恨他，而他因为人们恨他，而变本加厉地恨人们。大家纷纷诅咒他，称他为"站汽车头排的"，"砍脑壳的"，"堵炮火眼眼的"。这些诅咒在他 17 岁那一年还真应验了。那一年，他因为打伤别人的脑袋而被判了刑。本来，政法机关只打算关他几天吓他一下，但在周边一调查，众人恨不得将他永远送出外西街，纷纷满怀仇恨地给他凑了个"民愤极大"的罪状，敲锣打鼓地将他送进劳改农场。

劳改农场聚积了各种各样的奇人异人，像一所奇怪的大学校。父亲这个半吊子混蛋，经过这个大熔炉十年的锤炼，出落成为一个更加极品更加炉火纯青的混蛋。

当他嘴角下撇，一副"我胡汉三又回来了"的表情回到外西街时，有两家人连夜搬了家，有三个老人往外地投了亲，还有一个婆婆突发脑溢血死亡。没有证据表明以上情况与父亲的回归有直接关系，但他却将此作为他的杀伤力的证明，嘚瑟了大半生。此后不久，他连哄带吓，让媒人帮他找了一个从外地来的女孩，在当了这辈子

仅有的三天好人之后，便借着一碗加了药的稀饭成为"新郎"。9个多月之后，我这个悲催的小混蛋，就来到了人间。

严格地说起来，我其实是一次强奸的产物。母亲对我和父亲的恨，大抵源自于此。在父亲的世界观里，生米已煮成熟饭，母亲应该遵从老天为她安排的命运，嫁鸡随鸡地为他煮饭暖床，逆来顺受地跟着他过"搞到钱就当皇帝，搞不到钱就当乞丐"的生活。否则，轻则恶语相向，重则拳脚相加，或向她砸出任何他手中正好有的东西。为此，母亲无数次受伤，居委会和派出所无数次上门，都因父亲坚称这是家务事，别人无权干涉，而最终不了了之。

母亲最终以牺牲性命的方式，求得了最终解脱。她本可以把我带走的，但没有。足见她心里对我也是恨的。她毫不犹豫地走了，把原本应该由她与我分摊的伤心与痛苦，全数留给了我一个人。我像一只可怜的小蝌蚪，在浊臭而恶劣的生存环境中野蛮生长成一只丑陋的癞蛤蟆。父亲对我的每一分伤害，都以伤疤的形式，丑陋而变态地长在我的身上。这使得我成为一个十足的混蛋，无师自通地学会了父亲打小就有的各种混蛋本事，并在对世人深深的恶感和恨意发酵下，把那些邪招变本加厉地发扬光大。

我在13岁那一年，获得"这臭小子比他爸还坏"的评价，成功地超越父亲，青出于蓝地成为外西街最混蛋的人。其标志性事件，是那一年我拎着两把菜刀，将父亲从街口追到街尾。而从那天起，他对我的"教育"，从凶狠的打骂，变成了无奈的絮叨。特别是在某些不眠夜里被自己悲催的人生折腾得坐卧不安，或遇上某个不知晓内情的新老师向他投诉我，并担心我的未来时，他那些夹杂着粗话的笨拙人生大道理，就会像没煮烂的肉一般，反复辗转于他的嘴边。而这些，对我基本是没用的，相反，我把他转换了的"教育方式"，理解成因为打不过我而显现出的懦弱。

14岁那年，我们在老家已没有任何生存空间。人们虽然怕我们，但这种夹杂着恐惧与厌恶的"怕"背后是拒绝，是坚壁清野，是冷硬的敬而远之。这使得我们做包括偷窃在内的任何事都难以成功，生计出现危机。父亲的一位远亲，破天荒发善心给我们指了条路，让我们到省城发展，并慷慨地为我们买了火车票和十几个饼子。这次我从小到大唯一体验到的一次善意的捐助，实际上是一次为民除害的义举。实施者因为成功地将我们送走，为外西街除去两害，街坊们明里暗里请他吃饭或送东西表示感谢，收获远远大于支出，这还不算名声效应。足见我和父亲，这两个混蛋的混账程度。

到省城之后，我本可以单飞的，但无奈没有身份证，行动起来十分不便。省城与县城相比，更大更复杂，汇集了各种人才，连小偷和骗子的水平也高了很多。在这个升级换代了的地方，我和父亲选择了不一样的应对方法：他选择到路边给人打气、修自行车，准备忍气吞声地混口饭活下去，这显然是老了无力了的认命表现；而我则选择了与他相反的路子，一副"王侯将相宁有种乎"的样子，想挣扎着凭着自己的拳头打出一片自己的天下来。

然而，我们俩的努力都以失败告终。他每天挣的钱，吃饭没问题，但满足不了多年养成的赌和嫖的业余爱好，因而始终不改穷斯滥矣的破败相。而我，则发现，城市里人的生活逻辑远不是我想象的那么简单，他们斗得比大自然中的任何生物都厉害，却很少用牙齿和爪子。这让我这个企图凭着身体的凶狠去闯出一条路子的外地小孩明白，《上海滩》之类电视剧是不能当励志教育片来看的。凭着武力单独闯天下的时代已经不再，在城市这道墙面前，我撞得头破血流，甚至连伤我的对手是谁都没搞明白。

我们父子在城里挣扎了一年多之后，又灰溜溜地回到老家。这时，外西街面临改造，我父亲那间当年因没找到房契而没有被败掉的旧房，居然补偿了几千块钱，这比其他邻居至少高一半，原因自然是居委会和拆迁办公室都了解我们父子的为人，不想我们生事。

他们甚至不厌其烦地到档案馆查到了房契的底单，为我们办了手续。他们所做的一切，一半是出于善念，一半是出于恐惧。而当时的我，只看到了后者。

父亲则看到了前者，他已经老到了开始关注良心和报应的地步。他甚至开始关心我的未来与前途，并开始琢磨着为我做点什么。为此，他拒绝了闻知他得到补偿款而上门的赌友和老女人们，专心琢磨我的未来。

找工作或学手艺，他想了想，就不敢往下想了。读书，更是让他和我头疼的事。后来，不知谁给他出主意，说我身上的邪气，只有两个地方可以扳过来——监狱和军队。监狱他否决了，军队倒是让他眼前一亮，他于是开始为我参军折腾起来了。先为我走后门办了个初中毕业证遗失证明书，又七弯八拐历尽艰难为我报上了名。讲求纪律的军队，对于野马一般的我来说，简直就是一个恐怖的锁链。我想尽办法努力挣扎着不想让他的愿望实现，在体检时，我甚至往送检的尿液里加了茶水，在测血压和心电图之前拼命运动，以期待各种指数超标。但遗憾的是，这都没有阻止一张入伍通知书准时送到我的手上。

然而，就是这张父亲胡搅蛮缠折腾出来的让我无法躲避的通知书，彻底改变了我的人生——也许是军队天然有改变我这种人的功能，又或许我骨子里天然有适合在部队生存的元素。我的各项技能和训练指标，在战友中出类拔萃，我也因为时常受到表扬和夸奖，而暗暗感受到了做好人的好处。当然，多年的积习与坏毛病一时半会难以改完，但军队的纪律，至少让我明白那些东西是坏的，不应该存在于我的身上。这对我来说，殊为不易。

我在军队待了多年，又凭着不算太坏的转业评价回到地方，成为事业编制单位的工作人员，之后，娶妻、成家、生子。这一系列事件，无一不提醒我什么是正确的，而其中最重要的，是我不想让我的儿子成为一个混蛋，而方法，不是打骂，更不是唠叨，是做给他看！

故事提供者：刘文斌（职员）

讲述背景：16岁的儿子追问父亲为什么在杂志上画线，为什么对姜文那段话特别感兴趣。由此引出父亲对这段往事的回忆。这也让儿子渐渐明白，在自己的成长过程中，为什么爸爸总是不愿意让自己和爷爷单独待在一起。

嫉妒的力量

　　我曾是个嫉妒心非常强的人。据父母和亲戚们转述，我在四岁的时候，就因为邻居几个孩子在家里荡秋千不让我加入，而砸破了人家的玻璃窗户。具体怎么个砸法，有人说是用瓦块，有人说是用拳头，还有人说是小宇宙爆发，一脑袋撞过去的。这个至今我都怀疑其真实性的故事，却将我死死定位成了性情暴烈、嫉妒心超强的人。大家在脑中为我打下一个基本属性的烙印，就像醋是酸的酱油是咸的一般，牢不可破。

　　当然，人们对我的这个固定印象，并不简单来自那件至今我都

不一定敢干的勇猛行为，而是来自于成长岁月中大大小小种种真实的表现——我，曾经为了心中的某种不平衡，干下了许许多多令人发指的事情。这些事情包括从小就爱打母亲夸过或抱过的小孩；喜欢装作无意的样子，故意搞坏比我的玩具更好的小朋友的玩具。及至7岁那一年，我差点干出一件惊天动地的大事情——把刚出生5个月的妹妹从楼上扔下去。那时，我脑中只有对那只红兮兮的小生命无穷无尽的恨，心中常常有一个声音在尖厉地问：凭什么那小东西一来就霸占了妈妈身边原本该我睡的位置？凭什么那小东西即使在哭也会引得大家哈哈大笑？凭什么那捣蛋鬼在吃饭时拉屎而没人打她屁屁，而我却连大声说话都不能？凭什么大人们对她既有耐性又温和，对我却凶狠而敷衍？分析来分析去，原因只有一个，那就是他们已不再爱我，他们把爱，像好吃的糖果和玩具一样，都给了那个小家伙。而我夺回这一切的唯一办法，就是让她消失。

　　这个念头就像毒蘑菇那样，一旦产生，便疯狂地扩张起来，折磨着我的思绪。在一个安静的夏日午后，我抱起摇篮中熟睡的妹妹，举到窗边。我在心中默念着，准备在数到三时，闭上眼，松开手，让她做一个自由落体，从窗边坠落下去。但我没有数到三，因为这个时候，妈妈来了，她也许没有看出我想干什么，还有些得意地说："你终于知道逗妹妹了，你看她多可爱！"

　　事隔多年，在看一部电影时，我看到了瑞典电影大师英格玛•伯格曼童年的故事。他出于嫉妒，险些用枕头捂死刚出生不久的妹妹，那场景，与我童年经历相似度之高，令我不寒而栗。

　　随着年龄的增长，我没再干过这种幼稚而野蛮的事情。所谓成熟，就是更善于隐藏自己的真实想法，让自己身上的坏不那么容易被人察觉而已。但骨子里的东西，并没发生根本性的改变，只是换了一种方式，以更阴险的方式表现出来。

13岁那一年，在嫉妒心的作用下，我又干了一件至少在我看来还是惊天动地的大事情。当时，在我们大院里，有一个公认的好孩子庞小勇，他无论是在学习还是体育，甚至做家务方面，都完美得令别的小孩的家长恨不得灭了自家的小孩。他也因此成为整个大院所有小男孩的敌人。大家恨他的原因，皆因为有了他的存在，自己再努力也是白搭。父母们在教育我们这些捣蛋鬼时，总不忘拧着我们的耳朵面目狰狞地大吼："你要是赶得上人庞小勇一个脚趾头，我都要烧高香了！"

脚趾头都不如的我们，对庞小勇充满了嫉妒和愤恨，总想找个法子扫扫他的威风灭灭他的锐气。大家想过很多招：找茬打架，不是他对手；拉他去抽烟赌博，门都没有。借手抄本给他看，虽然我打赌青春期的他对那玩意不可能不感兴趣，但在我们这些"脚趾头"面前，他一定会装，而且装得很正义，说不定还会拿去交给大人邀功。

那段时间，庞小勇像一颗毒钉样插在我的心上。每当他当上区三好学生，或者在市运动会上取得名次，或是在别的什么竞赛上得奖时，他的欢笑和众人的祝福，都会深深地刺激我。因为在大院所有孩子里，我无论成绩还是别的专长，都是离他最近的，在很多次他得第一的比赛上，我都是第二或第三，这也是我最恨恨不平的事。这符合嫉妒的基本原理，即嫉妒的对象，是水平接近或相差不远的人。如果我是第100名或更靠后，对他的不平感，也许会小些甚至没有。但悲催的却是，我永远是那个不被人提起的第二名，而且没有丝毫超越的可能。

被他的成绩折磨得快疯掉的我，想出一个邪招：告诉他对门药厂的图书室关闭了，药厂正打算把书卖给造纸厂拿回去打纸浆；图书室里有不少好书，我们应该去"拯救"点出来。我用"拯救"，悄悄换掉了"偷"的概念。一向精明而理智的庞小勇，竟然中了招——每个人都有他避不过的东西，庞小勇避不过的，就是对书的热爱。

那天晚上，我们偷偷翻墙进入药厂，并顺利潜入图书室。我故意不小心惹得狗叫，我们不出意料地被抓住送往保卫科。保卫科念我们都是孩子，通知家长领人完事。那晚，整个大院沸腾了，"庞小勇偷书"成了一个惊爆的新闻被热传着，而我又一次被忽略不计了，但这一次，我一点失落感也没有。

庞小勇为此事蔫了很久，有传闻说他险些自杀。这事让我内疚了一阵，但挂在大院所有男孩头上的这把庞大的枷锁，在无形中消失了，家长们大多不再把自家孩子与庞小勇的脚趾头比了，间或有人比了，也会迎来孩子歪着脖子的一声怪叫："我总没偷书啊!"

平心而论，这件事给我留下的遗憾和失落感，远大于我所得到的短暂快乐。庞小勇后来转学去了另外的学校，我觉得自己与此事有直接关系。他离开时像被人割了尾巴的小狗一样的眼神，成为我一生的梦魇。

自那以后，我开始反思自己将别人的快乐与幸福当成痛苦，并急欲将它们毁灭掉的愚蠢与邪恶。事实上，我也清楚，这样做于自己根本没有任何意义。因此，每当嫉妒心上升，内心不舒服时，我就会想到庞小勇的眼神。通常我会因此而平静下来，自问为什么不能从别人的成功与喜悦中，分享到一些快乐与阳光呢? 事实上，在九成时间，我做到了，用更积极而非阴暗的心态去看待别人比我强的地方。而余下的那一成我无法摆脱的，是父亲给我打下的心结——从小到大，他从来没有摸过我的头，只摸哥哥和妹妹的。这个也许他自己都没察觉的小细节，让我觉出我与哥哥和妹妹之间的差异。看着爸爸有意无意抚着他们的头说话的样子，我甚至嫉妒得牙痒痒，怀疑自己不是父母亲生的。长大之后，稍懂事了些，特别是偷书事件之后，我努力将此事往正面的方向看，但我依旧无法不在乎父亲的手对我脑袋的忽视。但我现在用的方法不是拿哥哥和妹妹的头出气，而是努力把自己的一切事做好，争取让爸爸的手，关注到我的头。

这件事在我三十岁生日那天终于有了一个了结。在给我庆贺生日的饭桌上，我向父亲说出了这个令我纠结了多年的事，哥哥和妹妹都笑我太小气太计较。而父亲呷了一口酒，说："三兄妹之中，就数你资质最好，但调皮，嫉妒心又强，我如果不差别对待，你会有今天？"

那天，父亲摸了我的头，而我为这迟到了三十年的抚摸，哭得像个傻瓜一样……

故事提供者：薛彦冰（企业高管）

讲述背景：13 岁的儿子因为邻家小伙伴的自行车比自己的漂亮，而在楼道上撒了图钉，被告上门来，由此引出父亲对自己一段青春往事的追忆——嫉妒作为一种心理状态，充满了力量，但如何正确认识它和应对它，却充满了玄机。

那一场铺天盖地的恐惧

　　17岁那年，我爱上了一个男孩，在偷偷交往了差不多一年之后，我们战战兢兢地体验了爱的感觉。应该承认，最初的感受并不是愉悦的，但也并不像大人们所说的那么不堪和恐怖。那完全是一场情之所至的自然结果：花，到了季节自然会开；苹果熟了，自然会从树上落下来。就那么简单，这与别人并没有太大关系。

　　但当时的社会风气显然并不是这样，一种公共情绪认定那件事是丑恶而肮脏甚至邪恶的。人们在说起它时，总是一脸标准化的义愤填膺和尖酸刻薄，仿佛别人处置自己身体和情感这件事，伤及了他家祖坟一般。我不敢保证这些都是他们发自内心的真实想法，因为我曾亲眼看到过一位一听到这类事情就尖酸叫骂的女人被别人捉奸在床挂着破鞋示众的场景。我知道，在很多事情上，人们的嘴与身体和心里的感受是不一样的。有时，他们极力贬驳和鄙视的表面情绪，也许就是为了掩饰他们心中的真实感受和看法。至少，在偷尝了禁果之后，我的想法是这样的：大人们又一次骗了我，如同此前他们一直说小孩不能吃猪蹄叉，那样会把好事给叉掉一样，而事实上，那个部位的肉是最美味的。

那段日子，我们像两只幸福的小田鼠，总是抓住一切时机偷偷地黏在一起。父母离开时的家里，野花郁馥的田野，午后宁静的小树林，深夜无人小巷街灯映照不到的角落……我们用青春时期无尽的激情演绎着疯狂，那种既美丽愉悦又战栗和惊悚的感觉，令人着迷。当然，激情之后的怅然与失落，以及对不可知未来即将发生的一切可怕的事情的恐惧，也时时让人纠结。但这点小小的副作用，如同咖啡的苦味、河豚的毒素或宿醉之后的头疼一样，本身便是其魅力之所在。

我曾设想过无数最恐怖的场景，诸如激情四射之时，父母回家；或田野之中被农人撞见；或半夜时分被治安联防抓了去……所有想象得出的场面里，唯一没想到，却是最要命的，那就是——假如怀孕了，怎么办？那时候，所有书本和报纸，所有老师和家长，没有人会给我们提起这件事。以至于我们踏上社会，对这件事情也惘然不知。

但不知道并不代表不存在，不发生。当所有我想象得出的恐怖场景都没有出现的时候，我想象不到的恐怖事件轰然而至——一向准时的生理周期被打破了，直觉告诉我："出事了！"

那时没有早孕试纸之类用品，我也不可能打个什么知心姐姐热线去咨询，我甚至都不知道自己身体的变化是否是怀孕。但我知道，这一定与我最近一段时间的疯狂有着直接的因果关系。

我把这事给男朋友讲了。他的反应，比我想象的冷静。他看的书和耳闻的东西比我多，因此比我显得要沉着，至少表面上是这样的。但他不断抽烟的举动出卖了他，也暴露了他内心的不安。他开始自言自语地设想解决的方案："结婚？不行，年龄还差一两岁！""去医院？不行，要结婚证和单位介绍信！""逃走？没钱！"

他不断提出方案，又不断地否定。而在这自问自答中，我眼前闪过的，是当时同类事情发生后可怕的场景。我的一位远亲，在乡下与一个女孩相爱，并使那个女孩意外怀孕了。那女孩被父母逼打不过，被迫承认是强奸，他的爱人因此被判刑，以此保全了所谓的

名节。但事实上，大家对她并没有宽容到哪里去，因为在那些人眼中，被强奸本身，就是一件不可恕的罪行。

还有我父亲的一位女同事，也发生了类似的事情，不敢到医院去处置，就喝跌打酒，然后疯狂运动，险些要了命。

还有平常七大姑八大姨们八卦的种种类似事件，要么是女主角上吊或跳崖，要么就是妇幼保健院的医生如何的疾恶如仇，对未婚先孕者采取种种恐怖的惩罚性治疗手段——一个钢勺捅进去，一个铁叉搅啊搅，医护人员叫骂着："不许叫疼！舒服的时候怎么没想到现在呢？"等等等等。

我从来没有想过这些八卦会与我有什么关系。但现在，它们不再像长在别人脸上的青春痘那样不用担心，而是一眼望得见的未来，迫在眉睫地摆在我的面前。

我们决定干点什么。

最本能最优先的选择，是去正规医院，就技术水平和安全保证来说，这是最稳妥的。但是，正规医院对手续的要求也是正规的，什么结婚证户口本单位证明，都得一应俱全。这个壁垒，确实吓阻了很多有偷尝禁果之心的年轻人，但同时也让一些已经闯了祸的年轻人走上了不归路。

　　我们绞尽脑汁，千方百计从家中偷出父母的结婚证，想来个冒名顶替，让年逾不惑的他们来一次"意外怀孕"。我和母亲年轻时的样子很像，换件衣服，再换个发型，想必蒙得过去。而他和我父亲样貌，则相差得太大，即便说不上有十万八千里，但也好比让一只猴子扮成猪八戒，难度是很大的。用他从家里偷出的父母的结婚证吧，他的影像与父亲的形象倒是接近了，但我和她妈的差异，又到了天差地别的程度。他的妈妈像一只骄傲的茄子，而我，顶多像一根怯生生的豇豆。

　　当时没有可以把芙蓉姐姐 PS 成林志玲的技术，更无法把结婚证上的出生年月等关键数据进行修改。我们设想的第一条路，不通！

　　第二个方案，是想办法到单位开张"兹有本单位某某意外怀孕，前来你处办理终止妊娠，请予支持为感"的介绍信。但问题是，我当时在一家街道办的企业当临时工，街道工厂原本就没有开介绍信的资质；即便有，我也不可能冒着不亚于敲锣打鼓昭告天下我未婚先孕的危险，去求人帮我开这张证明。

　　男朋友在商业局下属的百货公司上班，单位开介绍信的资质是没问题的，但他本人的资质，显然是通不过的。他们单位的办公室主任是个古板的老头，办事只认规章不认脸面，而且疾恶如仇，对社会不良现象都恨得咬牙切齿，不结婚就同居，而且还出了事，这在他的仇恨排行榜排名至少在前三位。要让他支持，难！

就在我们坐在起火的列车上飞奔向悬崖般地商讨着自救方法时，一根救命稻草横空飞了出来，这稻草就是他哥哥。他们兄弟之间的感情非常好，他在最无助最焦虑的时候，把这事讲给哥哥听，换来了哥哥两肋插刀般的响应。哥哥前两年结了婚，他们单位开介绍信的是一位喜欢打哈哈的和事佬大妈。没费太多周折，一张救命的介绍信就到手了，看着那盖着大红印的纸，我忍不住喜极而泣。虽然，事到如今，我也并不认为那件事算什么高兴事。

我们演练了一番，甚至还借用了兄嫂的衣服，选了一个估计人不会特别多的日子，来到妇幼保健院。我们像别人一样，总感觉人们的目光在注视我们的一举一动，轻易就洞穿了我们的秘密。行走在医院的走廊里，我唯一的感觉就是路太长，人太多。这其实完全是一种心理作用。

一位慈祥的婆婆接待了我，她银白色的头发和洁白的工作服在阳光映照下显得异常洁净和安详。她没有像传说中那样，一脸凶相地要查户口簿结婚证，甚至我们送上的介绍信，也只草草瞄了一眼，就退还给了我们。她耐心地听完我的询问，又问了许多问题，然后为我做了检查，最后以一种轻松的口吻，对我说："傻孩子，你没怀孕，是因为气血不畅和神经紧张造成的假孕现象，我给你开点药调理一下就行了。"

就像死刑犯在即将被枪决的关头得到的却是一道特赦令，我的心情，可想而知。当我掩饰不住喜悦地离开时，那位老医生像教育自己亲孙女一样，语气既温和又严厉地说："女孩子，一定要懂得爱护自己！"

之后，她把一盒东西塞到我手中。回家后我才知道，那是一盒乳胶的安全套。这是我这辈子收到的最惊悚的礼物，但我看着它，却感觉到无限的温暖和安慰，并在心中暗暗记下了许多一生都要坚守的原则。

故事提供者：佘海艳（金融工作者）

讲述背景：读大学的女儿交男朋友了，惴惴不安地向她报告了这个消息。母亲并没有惊诧，更没有各种谍报机关式的讯问，而是向她讲述了自己年轻时的故事，向她提出自己的人生忠告和警示。

永远的邂逅

1987 年，我 17 岁，读高二。我的同桌，是一位长得像热门电视剧《血疑》女主角幸子的女孩。山口百惠演的这位身世可怜的美丽白血病患者，倾倒了很多观众，我和同学们都封她为偶像。大家爱屋及乌，也就喜欢上长得像她的这位同学，我们甚至将她的名字，也改为幸子。

我对她的关注和喜爱，最初也是来自于这种相似。但随着同桌时间的增长，我渐渐发觉这种"相似"之外有不一样的东西。比如她永远规整的正楷书写，她永远被老师拿来作范文朗诵的作文，她永远位居前三名的成绩，还有她说话时不轻不重，却总是在轻轻地拨动我的心弦。

我承认，这是一种喜欢。这种喜欢，没有成人世界的"喜欢"那样复杂，包含了社会地位、财富、人际关系和情欲等在内的诸多考量。而十七岁的喜欢，仅仅就是"喜欢"而已。

但是，这种单纯的喜欢也是很折磨人的。它支配着人干出许多奇奇怪怪甚至匪夷所思的事情。这就有点像时下流行的电影《那些年，我们一起追的女孩》里的小男生们那样，在喜欢的女孩面前情不自禁地耍宝，情不自禁地玩魔术，情不自禁地做一些引起她关注的事情。有的事，甚至是不可思议的。

比如，我要讲的这段邂逅的故事。

　　我和幸子的家分别在学校的西面和北面，按常理，无论在上学还是放学的路上我们都不可能邂逅，更不要说同行。但我每天早晨提前半小时出门，跑步到她家附近，有时是在她常吃早餐的米线店，要一碗米线磨磨蹭蹭地吃；有时，则是蹲在茶馆门口看喝早茶的老人下棋；有时跑到家属院的洗衣台下去写因赶早出门而没来得及写的作业；有时，则是坐在她必经的小巷子里踢石头玩。总之，我会在漫长而无趣的等待之后，迎来她清脆的脚步声和一个礼节性的微笑，傻呵呵地对她说声："真巧。"

　　这样的真巧还有很多。我们会"真巧"地偶遇在学校的文学社团；我们会"真巧"地看同一场电影；她喜爱的歌曲，我"真巧"就有磁带；她喜欢看电影学日语，我"真巧"跟着电视读"各其所刹妈"……

　　就在我努力地制造各种巧遇，并被这种巧遇暗示着，自以为与她很有缘地在得意和失落感交集，在天堂和地狱之间打着转的时候，晴天传来一声霹雳——因为父亲工作调动，她要转学了，去数百公里外的重庆。

　　这不是偶尔一个早晨的"错过"，也不是一两个星期天或寒暑假的"隔绝"，而是一去千里从此不再回来的"永绝"。一想起这两个字，世界上所有凄苦悲凉的悲剧场景通通涌上心来。那天晚上，我在梦中送了她一程又一程，眼泪湿了半个枕头。

这天早晨，我两年来第一次不那么热切地想去上学。不夸张地说，我每天不睡懒觉热气腾腾起床的动力，就是她，一想着每天早晨与她的邂逅与同行，内心就幸福得不得了。

但现在，一切都破碎并消失了。

幸子走了，我的元神也仿佛被抽走了，每天恍兮惚兮地在学校和家之间飘着。很长一段时间，我对自己的想法和行为都无法把控，对身边的一切事情都没有兴趣。这种感觉，不仅没有随时间的推移而减弱，相反却像弹弓一样，拉得越长，弹力越强。

在疯魔了差不多二十天之后，我决定去重庆看她。这个想法一经产生，便如火星溅到油锅里一般不可收拾。

到重庆的火车票是7.5元，来回得15元，晚上要坐一夜火车，加上吃饭和买礼物，起码得20元，这可是全家半个月的菜钱。但这也挡不住我疯狂的念头，我以学校要缴资料费的名义向妈妈、爷爷、奶奶、外公、外婆各要了一次钱，终于凑到了20元。跑到商场买礼物，一条漂亮的扎染围巾花了10元，回程车钱成了问题。但也想不了那么多了——就是扒车回来又怎么样？

带着这种一去不复还的心境，我坐上了开往重庆的硬座车，怀里揣着从幸子最要好朋友那里偷来的写着她新地址的明信片。天下着大雨，整个世界被雨冲刷得既寒冷，又扭曲。这场景很像多年以后我们一起看的卡通片《秒速5厘米》中的情形。那个因想念一个转学远去的女同学而在雪夜中坐火车狂奔，并被一次次的晚点信息搅扰得心烦意乱的少年，其实就是我的化身。只是，与他不一样的是，他独坐在空旷而寂静的车厢里，任由车窗外路灯的影子在他脸上辉映着的是落寞与诗意；而我，却是在人员密集如罐头，抬头是人，低头是脚，满鼻都是烟味和汗味的车厢里。心情如地上的泥水一般湿滑而纷乱，一切都烂糟糟的。

在这纷乱中，我迷迷蒙蒙地睡着了。再次醒来时，天色已明，车窗外，是陌生的重庆，满山遍野的房子，如海一般让人迷茫。

在火车站，我问了至少十人，终于找到开往目的地的公交车，这里离我要去的大坪并不远。我下车后，又一路打听，来到她的新学校，却不敢进学校去找她，只敢在校门口蹲守。我想，中午放学，她应该会出来的，从第一个等到最后一个，总能等到她的。

但从第一个等到最后一个，她并没有出现。一打听才知道，有很多学生是在学校吃午饭，像她这样即将高考的学生，完全可能在学校吃饭。

又数着秒等到下午。这种等待是令人煎熬的，此前我体会过，但从没像今天这么强烈，它熬的不仅是你的耐性，更是你的注意力，就像钓鱼人在等待一条难钓的鱼，稍一分心，前功尽弃。

终于等到下午放学的最后一个学生，但她仍没有出来。向旁边已混成熟人的小贩打听，她说，学校还有个后门，往西边的同学都走那边。

我像头被人敲了一棒，差点昏了过去。

也许，难度的提升，就是为了结果的美妙，这道理和解题一样。

这样的自我安慰，使我有信心再坚持住，并在离学校后门不远的屋檐下受了一晚的冻。当晚，我只敢花 1 角 2 分钱吃碗小面。

当我再次碰到幸子时，已是第三天的下午。这期间，我在她们学校的前门和后门轮流蹲守，渴了，喝口自来水；饿了，吃碗小面。就在我用口袋里最后一碗面钱买完面吃掉之后，老天见怜，我终于看到她熟悉的背影……

那时，我已三天没洗脸了。当我蓬头垢面地冲到她面前时，从她惊诧的表情看，肯定以为我已改行当了乞丐。

我说："真巧啊！"像以往 N 个上学和放学路上的邂逅。

她也说："真巧啊！"像是受了突如其来的惊吓。

我还想说点什么，但忍不住鼻子一酸，眼前的世界变得模糊。

来之前所有的美好想象都变成了浮云，赶在眼泪落下之前，我把礼物塞到她手上，逃命似的跑了。嘴里说："我是跟我爸来出差的，想不到在这里碰到你，我走了，车在等我呢……"

这句没有人相信的谎话，是我对她说的最后一句话。那天，我跑到车站，并爬上去成都方向的货车，饿了一整夜，非洲人一般跌撞着回到家里。

去重庆读大学的愿望，因成绩的关系最终没有实现。不知道是因为那天我的样子实在太糗，还是因为后来新电视剧为我带来了别的偶像，总之，从那天之后，我就再没见过她。

我用切肤的痛，明白一个道理：世界上有很多邂逅，其实就是一场处心积虑的等待。而这等待，对被等待者来说，没有多少意义。

故事提供者：吴文彬（公务员）

讲述背景：女儿说和班上某个男同学特别有缘，经常会发生各种巧遇，由此引发对往事的回忆。

《神雕侠侣》是我写的

人的天性中，有一种与生俱来的自我认同，这种认同，包括对自己身上的优点的喜爱和宣扬，和对那些对自我形象不太有利的缺点的掩饰。就像树林中那些乐于展示自己美丽羽毛的小鸟一样，人的天性，也是乐于将自己光鲜美好的一面展示出来。这种性情，本是人之常情，但如果过分了，就会搞出麻烦来，其滑稽的程度，不亚于一只乌鸦拖着几根捡来的孔雀羽毛自我标榜美丽。

我年少时，就干过这样的蠢事，而且还不止一次。

在上小学之前，去乡下亲戚家串门，我发现那时乡下的孩子们特别崇拜抗日英雄，在他们的口语中，凡是好，都用"中国"来表达，凡是坏，都用"日本"。我这个城里来的孩子，在他们眼中本来是很"中国"的，我整齐正宗的军挎书包，以及书包里装着的小人书和崭新的扑克牌，都为我的"中国"增色不少。但随着时间推移，小人书看过了，扑克牌也不再新鲜，而我身上的游泳爬树捉小鸟之类的短板渐渐凸现出来，让我渐渐就"日本"了起来。我渐渐受到冷落，甚至还偶尔会被乡下孩子们嘲笑。

这样的场景显然是我不喜欢的。为了扭转这个局面，我决定提升一下自己的身份，让乡下孩子们对我刮目相看。我原本想把自己吹成小兵张嘎那样的小英雄，但害怕经不住面对面的盘问，而且，我也不确定小兵张嘎的出生年月跟我的出生年月是否吻合。于是，我选择了一个被戳穿风险更小的谎言——我向他们吹嘘我爸爸是抗日英雄，而且还杀死日本鬼子军官，夺了他的指挥刀，刀就在我家柜子里，下次进城拿给你们看！

几句神乎其神的谎言，加上从抗日电影里看来的各种桥段，瞬间把我那在建筑工地当木匠的父亲，包装成为李向阳、罗金宝式的传奇英雄。我也因此沾光，重新赢得了小伙伴的尊重与敬仰，没有人再拿爬树游泳之类的事情来嘲笑我了。

　　但这种美好情形并没维持多久，当孩子们各自回家，把我的"传奇身世"向大人报告时，知道底细的大人们鼻子都笑歪了。确实，一个六岁孩子撒的漏洞百出的谎，足以让寂寥的生活增加很多的笑料与乐趣。一些好事的大人，每见我一次，就要模仿电影里日军军官抽刀，作叽哩呱啦状，直至几十年之后，他们已成为老人，还乐此不疲，见我一次鬼叫一次，让我无地自容。

　　这只算得上我丢人的往事"之一"，而不是"唯一"。此后的很多年，我还为我的虚荣心，干出过更多的荒唐勾当，为别人积累了更多的笑料，为自己累积了更多的耻辱。我曾经为了和同学争谁家的苹果更好，而当着众人的面把我辛辛苦苦从哥哥姐姐们手中赖来且好多天都舍不得吃的大红苹果扔进阴沟，以显示那玩意儿在我家"不稀罕"；我曾经为了证明自己家有亲戚在电影院守门，可以带人去看免费电影，而把几个月的零花钱拿来买了电影票请人去看电影；我曾经为了向同学们显摆其实我家并没有的双卡录音机，而不得不起早贪黑背着一大堆同学让我帮忙翻录的磁带，顶着白眼和冷语到亲戚家去帮忙翻录歌曲；我还因为号称会弹吉他而混入学校的乐队，结果连弦也没调准地去滥竽充数，只做动作不发声音蒙混了一回……

以上行状，有的被现场揭穿了，有的一直没被揭穿，却令我纠结难受了很久。这些，都算是我为自己的虚荣心，付出的小小的代价。之所以说是"小小"的，是因为之后还有一件更奇葩更无敌的事情发生了。

那时流行看武侠小说。最早一轮武侠热，来自当时的一本武术杂志《武林》，这本因电影《少林寺》兴起的武术热而走红的杂志，连载金庸的《射雕英雄传》，每月一期，每期连载两三章。这等于是每次用一根火腿肠喂狮子，除了更吊胃口并唤起它的饥饿感，便再无别的用处。于是，我们便疯狂地四处寻找能一次看完整本书过足瘾的方法。小人书店的老板娘发现了这一商机，托人从外地找来一本梁羽生的新派武侠小说《萍踪侠影》，很不要脸地将它裁成了一章一本，重新装订成册，化整为零地以三分钱一小册的价格，赚足了我们的钞票。我至今也记得一大群同学在光线幽暗的小书店里，挤坐在矮小的条凳上，囫囵而贪婪地读着那些惊险刺激的武侠故事的场景。那种如饥似渴又幸福无比的感觉，充盈在我整个青春时代的记忆里。

也许是那种感觉太美妙了，很长一段时间里，我沉浸在其中，不能自拔。这也许就是当年的学校和家长，将武侠小说定为"精神鸦片"的原因，就像今天大人们把电脑视为仇敌一样。那些日子，我被武侠小说和自己的想象引领着，飘飘然穿越于想象的世界中，上天入地，飞檐走壁，快意情仇，行侠仗义。那些文字，使我在远离童话的年纪里，重新找回了童话的感觉，而且无须承担"幼稚"的自责，一任自己被那些奇幻缥缈的文字引领，在想象的世界里飞行。

书店女老板寻找新书的能力与我口袋里零花钱的数量都十分的有限，这与我对武侠类书籍的胃口完全不成比例。这个时候，我像同龄的许多人一样，开始了"创作"。但事实上，那些看似简单的故事，却还是需要不简单的想象力、历史知识、武术及百科知识和写作技巧来支撑的。以上各条,对于一个初二学生来说也太勉为其难了。在"创作"了三天之后,我发现自己没有灵感和能力的写作,比便秘还令人难受。但可悲的是,我一向膨胀过头的虚荣心,已让我向众人宣布我即将写一部长篇武侠小说,让大家不花钱也过一把瘾。大家脸上半真半假的微笑,和半是期待半是疑惑的神情,成为我即使像便秘般难受,也要坚持写下去的动力。我不希望他们的疑惑表情,变成嘲笑。

想写下去和能写下去,其实是两回事。就在这个时候,迷航的船前方亮起明灯一般,我在上海工作的大姨父出差路过我家,临走时留下他在火车上打发时间买下的几本盗版书。这些书,有破案的,有历史解密的,还有一本,是武侠。这些一看就是在乡间印刷厂制造出来的黄皮粗糙产品,瞬间让我眼前一亮——我的"创作",从那天起开始进入高速发展期。

我以每天三四千字的速度,开始向人们发布最新的创作成果。那本封面已不存在的武侠小说虽然错漏百出,但内容还算惊险神奇,讲的是当年红极一时的《射雕英雄传》的后续故事,郭靖和杨康的儿女们的故事。古墓中的美女,天马行空的神雕,奇异的仇恨,奇绝的武功,浪漫的爱情,让我在抄写的过程中,激动得浑身如过电一般地充满了酥麻的感觉。它其实就是后来热门并风靡的《神雕侠侣》，但因为装帧和印刷的粗糙，而让我误以为它是某一位在乡间夜晚里无聊至极的某位同好兄的作品。我还侥幸地想，从上海火车上带来的东西，料我这些连省城都没去过的小伙伴们都难以识破。于是，我决定，向他们宣布：这，是我写的！

这个谎言，让我收获了无数钦佩和赞叹。小伙伴们如饥似渴地读着我抄写在作业本上的文字，并主动给我带来他们最好的文具和小礼物作为回报和鼓励。大家像众星捧月一般，围绕着我，让我有史以来最大程度上感到虚荣心被满足的快乐。有的同学，甚至也开始写起武侠小说来，但收获的，却是讽刺与嘲笑。看着他们在便秘式的创作与人们的嘲讽中苦恼的样子，我心中的明爽暗爽各种爽，简直难以言表。

这种飘忽的满足感和幸福感，一直维持了半年，而后，金庸的《神雕侠侣》通过各种渠道进入了我们县里……

故事提供者：武文雷（金融从业者）

讲述背景：全家人在大理旅行，在洱海边的夜色里，大家聊自己小时候的丢脸事，女儿和妻讲的，都与虚荣有关。于是激发起这次糗事兜底大放送。关于虚荣，经历过青春期的人们，都有故事。

叫起立偏要趴下

　　人的成长过程中，最令人感到恐怖的，莫过于"叛逆期"这个阶段。许多孩子的家长，对此感到苦恼和手足无措，总觉得这是一个令人头疼的逆变过程——在这个阶段，听话的孩子变得自作主张了，乖乖的孩子变得浑身长刺，他们对世界上既有的东西，无一不以怀疑的态度报之以不服，为反对而反对，叫起立偏要趴下，恨不能对长辈们所说的糖是甜的盐是咸的之类的常识都给出不同的结论。人们其实并不知道，这是成长的必由之路，就像蝴蝶的成长必须经过蛹的挣扎一般，这个过程，对挣扎者本人来说也并非是愉快的。

和所有人一样，我也有一个挣扎的叛逆期，不同的是，我的叛逆期，比别人的要长，也更猛一些。

叛逆期的第一个受伤者通常是孩子的母亲，故而这个阶段也被专家们称为"仇亲期"。这个阶段的人，通常会把最亲的人当成第一批需要打翻和超越的人。在这一点上，我也不例外，只是我并没想过要与自己的母亲为敌，而是想告诉她我的真实想法而已，但最终的效果是一样的。

我记得那是十岁时的某个早晨，母亲像往常一样轻轻拉开房门，撩开蚊帐，在我耳边轻吻了一下，然后小声说："该起床了！我给你煮了鸡蛋羹。"

不能不说的是，这一切都是我不喜欢的，无论是起床刷牙洗脸，还是母亲轻柔的撩蚊帐和呼唤。这些都与我心中小男子汉的定位有着尖锐冲突。母亲温柔轻唤的每一个细节，都会让我瞬间想起摇篮中吃奶的婴儿或满身绒毛的小狗。这些都不是最难受的。最难受的，就是那碗黄黄的软软的散发着鸡屎味的蛋羹。并不是母亲的手艺不好，而是我的味觉独特，不喜欢那个味儿。我经过了多年挣扎，也没逃脱那碗鸡蛋羹的追杀，原因只有一个，就是母亲觉得这东西对我有好处，就像我曾经喜欢过的她亲我搂我叫我宝宝一样。

那天，我没像往常那样忍住，而是借着新鲜的起床气，一阵闹腾，并最终成功把那碗鸡蛋羹打翻在地。这一切的前因我是知道的，但母亲并不知道，在她看来，这就是一次把好心当成驴肝肺的反叛。当然，我也觉得自己打翻碗做得有点过分。但是，我如果仍像往常一样，当面含笑接碗，转身就倒进泔水桶，于我心理上也是一种冲击。那时的鸡蛋并非易得品，而阳奉阴违，在我的小男子汉词典里与怯懦同义，这两样，都不是我乐意去做的。

这件事令母亲伤心了很久，但至少鸡蛋羹，算是永远退出了我的生活。以至于在多年之后，我某天突然开始想念它的味道时，也再没吃到过，因为这时，母亲已离开人间。那种味的鸡蛋羹，也从此从我生命中绝迹。

我的第二次剧烈的反叛，发生在三年后与父母的那次三峡之旅的路上。当时，我们从老家坐汽车到重庆朝天门，准备坐船沿江而下。我们到达时，离开船时间还有大半天，为了打发时间，父亲建议去渣滓洞白公馆参观一下，这对于看《红岩》长大的我来说，当然是有诱惑力的。于是我们就抓紧时间，紧赶慢赶地去了趟歌乐山。匆忙的游览还算顺利，除了中途与父亲为哪首诗是哪位烈士写的，给江姐手指扎竹签是真实的还是虚构的，发生过小小争议之外，其余

情况基本正常。但在下山的时候，我们为从哪条路能更快回到公交站发生了分歧。父亲认为应该原路返回，而我认为应该从旁边一条铁路隧道穿出去，这样可以节省更多时间。父亲没听我的，而且给我所认定的最优线路送上了"你懂个屁"的评语。再没有比这更让人生气的了，我一怒之下，头也不回地冲向铁路隧道，冲父亲甩出一句："你不走我走！错了也不用你管！"

我脑中设想有两个结局，一个是父母在我的胁迫之下，也追上来和我一起走隧道；另一个，是我以狗也撵不上的速度飞快地从隧道里穿出，抢先到达公交站，得意地以优胜者的姿势，傲视着他俩汗流浃背的蹒跚身影。

但遗憾的是，这两个结局都没发生。我冲进隧道不一会儿，就发现自己的选择是一个错误——前面黑茫茫的一眼望不到尽头。但为了那句甩给父亲的话，我以"就算是泡屎我也要把它吃掉"的心情往前怒跑。身后的洞口，由大到小直至变成一个小小亮点然后终归于无，而前面却始终只有一眼望不到头的黑。无尽的没有头的黑，让我万分恐惧，我恐惧火车突然疾驰而来，恐惧黑暗中蹲着坏人，更恐惧比坏人恐怖一千倍的别的意想不到的什么东西。不知不觉中，我已跑了很远，但最终只能选择往回走。相比于前方未知的黑暗路程，后方已知的距离终究要令人好受一些，虽然路的尽头，等待我的极可能是父母对我"不听老人言吃亏在眼前"的讥讽与得意表情。

但父母并没在洞口外等我。

我赶往朝天门，那艘游轮也没有等我。

面对山城朦胧的夜色，摸着口袋里仅有的两元钱，我像个傻瓜一样张着大嘴哭了。那个时刻，我感觉自己被全世界抛弃了。虽然我父母就在不远的地方，疯狂地寻找着我。

我的执拗与反叛，让一场原本应该浪漫温暖的亲情之旅变成了朝天门找娃三日游。时至今日，想来也觉得遗憾和后悔！

之后的日子，我的叛逆由家庭蔓延到学校，直至社会。这是一种并不明确和可控的情绪，主要表现在逆反上，特别是在比我强大的权威面前，像江湖上的小混混渴望砍倒老大而成为老大一样，我渴望权威在我面前倒下，即便不是真正倒下，他们在我的诘问或无理面前讪讪然不知所措的表情，于我便是愉悦的胜利。

在这种思维状态下，我反复纠缠过政治老师，提了很多她不便回答的问题，直至以捣乱者的身份和胜利的姿态被赶出教室。我还带着全班同学以哼唱《国际歌》的方式，让我们不喜欢的老师无法讲课。我们还办过一张油印小报，起名叫《刺头》，发刊词就叫"反对"。我和小伙伴们对现有的一切东西，都觉得有打碎重来的必要，那时写的诗，充斥着"只有打碎，才是唯一的活路和希望"这样的句子。但事实上，那些我们觉得不对的东西，有一些确乎是值得改进的，而更多的，是因为我们不懂，而对其产生的误读。当然，这些都是在多年之后，当我已成为当初我们所反对的人时，才渐渐明白的。

　　叛逆是成长的一部分，很难说得清它的好坏。我从那些否定、质疑甚至无礼冲撞中，获得了不少成长新经验，当然也吃过不少的苦头。而让我真正认识反叛真相的，是我高中毕业考大学填报志愿时，义无反顾地填了与父母期待的中文完全相反的石油专业，并最终走上了现在的人生之路。并不是我有什么特异功能，知道后者的发展前景强于前者，我仅仅是出于逆反而已——只要没和父母要求我的一样，就是胜利。

　　但这一次，我的逆反，却落入了圈套。事实上，父母的真实心愿，是希望我考石油学校，但害怕我那"叫起立偏要趴下"的逆反心，而选择了"想你起立，却偏叫趴下"的策略。

　　这次，他们赢了！

故事提供者：谢文临（油企高管）

讲述背景：家长会上，老师反映，17 岁的儿子有早恋现象，并且越是规劝越是不听，希望家长与孩子做一次深切的沟通和交流。于是就有了这样一段对往事的回忆和反思。叛逆之于青春，犹如酒精分子之于酒，是不可或缺的元素。用之得当，是一种享受佳品，如果处之不当，就会后果严重。

感谢与我不共戴天的仇人

在我的青春期，我至少有三次想让另一个人死掉。我希望她被车撞死被老鼠药毒死被天上凭空掉下的花盆砸死。我甚至希望以上诸种举动，由我亲手完成，以获得像用鞋底踩死一只蟑螂那般充满快意的复仇感。

这个与我不共戴天的人，就是我的同学红。在很长时间里，我都将她视为世界上最恶毒的巫婆式的人物，怂恿白雪公主啃毒苹果，把小王子变成癞蛤蟆之类的事，都是她干出来的。她是丑陋、邪恶、阴毒的形象代言人。

事情过去这么多年，我在回忆起那时的她时，都还难以心平气和，足见她当年的杀伤力之强和我被杀伤的程度之重。不夸张地说，在我 10 岁到 17 岁这个年龄段里，我有三分之一的空闲时间，是在恶毒诅咒她，并且像抑郁症患者一想到死就很开心那样，幻想她的悲惨结局。一想到她可能遭遇的噩运，就心花怒放。但老天爷似乎跟她是一伙的，总是与我作对，总是把与我期待相反的结果发送到她的命运中。这让我在她遭遇噩运的想象和她志得意满的现实之间碰撞摔打，失落无限。这种情绪，让我对她的恨更是海中洒盐，雪上加霜，火上浇油。

行文到这里，您一定要问了，这位同学究竟是干了什么，让你那么咬牙切齿恨之入骨？是在你家祖坟上拉过屎还是把癞蛤蟆放你书包里了？还是因为人家长得漂亮，你对别人暗生情愫，被拒绝后情书还被贴上黑板报了，由此因爱生恨？

以上诸种情况，可以肯定地说都不是原因，祖坟上撒尿或书包里放癞蛤蟆之类，是我这种匪头子的专利；而暗恋她并因爱生恨，则更是不可能的事——就凭她那蛇精一样的 V 字脸和东北平原一样的柴禾身板，再加那两条可以杀人的眉毛，睁开与闭上并没什么区别的小眼，直愣得像芭比娃娃的鼻子和只能冒出刻薄与刁毒语言的嘴？我去！你见过葫芦娃爱上青蛇精的吗？

那我究竟为什么这么恨她呢？这还得从我那悲催的小学生涯开始说起。

红与我是街坊，我家距学校直线距离大约 200 米，而她家则在半路的一个小院里。这就注定我与她每天有差不多 100 米的同路距离，这短短的距离，被我们小小的脚板和歪曲的老街呈现得异常的远，以至于在我记忆里，那段距离异常远。这原理，大致与坐在火盆上感觉一分钟是多么漫长难捱的道理一样。我的火盆就是红，她让我视上学和放学的路为畏途。尽管我不愿承认，但我又不得不承认，我是怕碰到她，虽然，这种"怕"之中，厌恶的成分多过恐惧。

红身上有许多令我讨厌的地方，比如她喜欢炫耀她父亲出差从外地带回来的任何东西，上海泡泡糖、香港的歌曲磁带以及日本的味精什么的，让我们这种父母没机会出差的孩子打心里羡慕嫉妒恨。我承认这与我自己的阴暗心理有关，但也不排除她在炫耀的时候不顾及别人心理感受的原因——你吃得满嘴流油的时候，在饿着的人面前，可不可以不那么夸张地吧唧嘴？

在她炫耀的底色上，还有几个亮点，就是她的势利、尖刻和得理不饶人。这些特征，像难看的黑痣和雀斑，奇异而不规则地长在

原本就不太好看的脸上，使她的样子更见丑陋。

我可以容忍她不跟我分享只有家境和成绩好的同学才能分享到的各种稀奇东西，但不能容忍她利用通过这些手段获得的好处和权力来对付我。比如，她经常送老师礼物，而且成绩也不错，被委任为班长，于是整天像个小监工似的查同学的作业，查指甲，查洗澡没有，查书包里有没有弹弓和小人书，而很不幸，这些都是我的命门。

最让我厌恨的，不是作业没做指甲太长耳朵背后有黑垢书包里有小人书这些"违章"行状被抓了现行，而是被抓之后她那洋洋得意加幸灾乐祸的表情，还有从她那仿佛被毒蛇和蜈蚣亲吻过的嘴里冒出的刻毒语言："你上次澡是你妈妈在你满月时给你洗的吧？""你们家已穷得连肥皂都买不起了吗？""我想不通，你们家连饭都快吃不起了，还有钱给你买小人书，偷的吧？"

这还不是最可恨的。最可恨的是她在班上常以我家知情人的身份，揭我的老底，义务带所有要告我状的人去我家，主动把老师对我的厌恨与批评，免费帮忙并无限放大地传递给我父母，传达完了之后，还一脸喜容地看着暴怒的父母把我海扁一顿。她似乎很享受这个过程，而我的父母也总是能超额满足她的愿望，让她有机会到班上向同学们复述我的各种挨打相与惨叫。

　　我的小学生涯，因与她同班而显得异常悲惨。当然，我也抗争过，与她打过架并把四脚蛇之类的异物放到她书包里，但这些除了让我脸上多了几道爪痕和"连女生都打不赢"的嘲笑之外，还从此在她和老师心中形成一个定论，即只要她遇上任何意外，都和我有关，哪怕她上学路上被苦楝树上掉下来的果子打中，也会告我的刁状，让我挨一顿胖揍……

　　好不容易读初中了，满以为我可以借此避开那张可恨的丑脸和可恶的魔爪，谁知道报名第一天，她的名字像张死老鼠皮一样贴在分班公告上，我沮丧得像好不容易越狱成功的囚犯爬上了辆坐满警察的客车。我实在太恨她了，这种无以躲闪的恨，直接成为我不想读书的理由，也成为一半以上我逃学的理由。

　　在三年的初中生涯中，我因她而挨的打少了，但明伤易躲，暗伤难防，她总能用最让我受伤的方式让我受伤。她的眼睛似乎有特异功能，总能看到我心中最脆弱最怕触碰的东西，然后瞄准靶心，重重地来一家伙。比如在我暗恋某个女生不好意思说出口时，当众叫出对方的名字，然后狂说癞蛤蟆想吃天鹅肉之类的话；或在我穿着一件长辈的旧衣服正心生忌讳时，她总能冲口而出"你以为穿件大人的衣服就可以冒充成熟"云云。

在很长一段时间里，她已成为我讨厌学校厌恶学习的一个重要原因。在初三时，我甚至已起心坚决不参加中考，从此不再进学校，不再看到那个该死的讨厌鬼！

母亲发现我的异常心态，想方设法来打探我的心事。我当然不会说这么丢脸的事，我宁愿找个树洞把它埋起来。这个树洞，就是我的日记。母亲在屡问不得我不想中考的原因之后，终于截获了我的日记。了解了原因之后，她深刻反省了在这方面对我的忽视，并且讲了一段令我一生都难以忘记的话。她说："世界上最丢脸的事，莫过于被你的仇人说中。别人说你没出息，你就没出息给她看？那可就是天下最蠢的人了！她想让你沮丧和痛苦，你偏不，这才是最好的报复！"

妈妈的话，像一把钥匙，打开了我郁闷的心。我按妈妈说的做，就不会让我的"仇人"说中。她说我没做作业，我做！她说我考不上高中，我偏考！她觉得自己作文写得好，我偏要写一篇比她更好的！

在中考前复习的那段日子，我的"仇人"红，成为坚守于我脑海中的一剂兴奋剂，每当我稍有懈怠和倦意，就跳出来，让我的斗志重燃。这也几乎成为我大半生以来的一种状态。我之所以没有成为废柴，或宽容地说还算小小地有点成就，其实都与我的"仇人"红一直在我脑海中的激励有着直接关系……

故事提供者：文武斌（私营业主）

讲述背景：儿子在 QQ 签名上留言，诅咒一个令他苦恼的同学，视之为不共戴天的仇人，因而勾起一段往事。佛教中有逆行菩萨之说，意指那些欺压和打击我们的人，是反向激励我们、成就我们的人，这种说法很有道理。

滥竽充数的乐手

　　人的一生，最不易回答的问题，居然是："你究竟想要什么？"有的人穷其一生，也没有找到答案；而有的人貌似找到了，但历经千难万险并终于得到自己想要的那个结果时，却发现那一切全是错的。这段话，似乎就是我一段青春岁月的真实写照。

　　1988 年，我 18 岁，职业高中毕业后，在一家山区企业上班。这家企业是在原"三线"工厂搬迁的旧址上重建的，生产区是全新的设备，生活区却是古旧的现成设施，员工也多以外地的老工人为骨干，带着我们一帮半大的孩子。整个厂区，充满了只有青年人聚居的地方才有的热闹、好动、喧嚣和狂躁的气息。这种气息,像武侠小说中那些刚刚掌握超高武功还无法自如地调节自身能量的年轻高手的气场一样,蓬勃和高昂的另一面,便是难以隐藏的破坏力——每天八九个小时的劳动,根本无法消耗掉我们旺盛的精力,每当下班之后,在富裕的生命力支配下,我们上山抓鸟、下河捉鱼,偶尔顺手把村民的狗和鸡也当成猎物,而一旦被发现,被追得鸡飞狗跳甚至狗急跳墙与追撵者发生激烈战斗,也是常事。

在一次与村民的大规模战斗被县领导点名批评之后,我们厂长急了,他想不到自己从来没有想过的青工业余生活问题,居然成了几乎影响他乌纱帽的大问题。为此,他召开了专题厂务会,要大家出主意,看看如何消耗掉年轻人们富余的精力。参会者把包括放录像、搞篮球队、建台球室、办图书室、组建乐队办舞会等一揽子建议都甩了出来。经过权衡,厂长决定来个大手笔,建一个全县所有企业都还没有的全新电声乐队。相比于其他厂已经成熟并且强大的篮球队、图书室或俱乐部,电声乐队既时尚又新潮而且形式感很强。厂长想着,不动用这类响动大的招数,不足以洗刷咱们厂子在上级领导们心中留下的坏名声。

厂里要组织乐队了!这无疑是爆炸性的好消息,全厂几百号青工顿时就炸了锅，会跳舞的不会跳舞的，都跃跃欲试，更有不少先前喜爱过乐器，进厂之后无用武之地的人，觉得实现人生梦想的大好机会来了。乐器还没买回来，就有 100 多号人报了名。这哪是组建电声乐队的节奏啊？组个交响乐队加合唱团都绰绰有余了！

但事实上，电声乐队只需要鼓手、键盘手、吉他手和贝斯手，最多再加个萨克斯手、小提琴手什么的，加上歌手、领队和搬杂物接电线的，也容不下 10 个人。这百里挑十的概率，渺茫得接近于无，很多人都知难而退了，但我却坚定地留了下来，要去试一下自己的身手。我很久很久以来的梦想，就是学会一门乐器，然后，像我佩服的一个哥们那样，到夜总会去干每晚挣十元钱的大好买卖。

我去竞争什么呢？架子鼓？显然不行！虽然，包括我在内的很多年轻人都有成为鼓手的愿望，但现实是，负责组建乐队的工会主席的儿子喜欢打鼓，这个名额，大家也就不必痴心妄想了。

键盘手，厂里有几个年轻人读书时都学过电子琴，但几经权衡，这个位子最终给了长相最漂亮且最有望成为厂长儿媳妇的兰兰。

吉他手由供销科长亲自担任，小提琴手由子弟校音乐老师填补，萨克斯手的位置也有人自带乐器占领了，只剩下一个贝斯手，聊胜于无地摆在那里，供我和剩下的七八个人选择。

坦白地讲，对贝斯，我是一无所知的。我只知道那大家伙可以
发出低沉的声音，至于它在乐队里应该起什么作用和怎样起作用，
我是完全不知道的。但是，贝斯手是乐队成员，拿到它就可以堂而
皇之地进入乐队，可以站在舞台上，接受人们羡慕甚至嫉妒的目光，
不出意外的话，说不定还会有女孩子喜欢上我。

在狂乱的想象催逼下，我不顾自己对贝斯一无所知，也不顾自己甚至连简谱都不怎么识得，便去报了名。要知道，我仅有的一点音乐技能就局限在靠死记几个和弦，用吉他弹唱不超过 5 首流行歌曲。好在我的长相和歌声还过得去，几乎能让人忽略我那拙劣的吉他演奏。

当然，我心里清楚得很，这次组建乐队，显然不是依演奏水平来选择成员的。我虽然无各种裙带关系，但拥有不错的人脉，这当然是靠我那做副食生意的父亲手中掌握的资源决定的。在公开选拔大会之前，我给所有可能成为评委的领导和工会干事们，每人送了两瓶当时还算稀罕物的啤酒，并且承诺如果入选，一定请他们吃饭——这在当年还是有点诱惑性的。

而最戏剧的是，那天从外边请来的专家评委，就是我那位在夜总会演奏的偶像哥们儿，这使得我最怵最难过的"乐理考试"也不再恐怖。我都还没明白自己面对乐谱上那些数字哼了些什么，就过了。在发榜那一刻，我看到人群中有一双恨恨的眼睛投来鄙视的目光，那是我的主要对手海文。他在学校乐队里当过贝斯手，所有人中也许只有他听懂我哼了些什么。几年后，他吸毒死了，我总觉得他的死，与这次落选多多少少也有点关系。

　　从排练的第一天开始，我就深刻地体会到成语滥竽充数所说的是怎么一回事。我抱着那把笨重的贝斯，连调音都不会，更不要说找准调门。手指按在粗粗的金属弦上，只敢尽量把音量调小，怯生生地按出咚或乒的声响来。悲催的是，整个乐队，像我这样的人还不止一个，大家都在"摸索"和"学习"的幌子下，尽量掩饰自己不懂装懂的窘态，小心地对付着手中的乐器，让它尽可能不发出特别刺耳的尖叫来。即便如此，我们排练的地方，仍像蒙着一床大棉被的两拨人马在打架，砍杀声，击打声，甚至鸡叫鸭叫都有，唯独没有和谐的音乐声。

　　这时，我还恬不知耻地坚信，经过好好苦练，我们一定会奏出优美的音乐来。为此，我还专门跑到县城求教，老师们以对牛弹琴的毅力教了我 N 次之后，最终决定放弃。在他们看来，在把我和一头牛培养成乐手之间，他们更愿意选择后者。为了打发我，他们给我传授了一个秘诀：只按两个固定弦位，永远跟着定音鼓走，他快你快，他慢你慢，这样，至少可以让你的声音不突兀不怪异，再伴以你最拿手的洋洋得意的表情，蒙事应该不成问题。

　　乐队的其他成员，似乎也经历了这样的高人指点，都各自用最简单的要领，掌握了一些蒙混手法。于是，我们的乐队，渐渐从

"混战"变为"群殴",并逐渐变为"撕扯",虽时有荒腔走板,但大体节奏还是整齐了。我们磕磕碰碰地准备了十支歌曲,就开始汇报演出。

那天的舞会异常尴尬。也许是我们的音乐风格太独特了,让听众们完全消受不了,以至于我们准备的十首歌曲已奏完一半,却还没有一个人出来跳舞。眼见着就要黔驴技穷之时,才有厂领导带头,把大家赶到舞池中。那样的气氛,那样的感觉,是令我一生难忘的。我也由此记住了,对一个人最大的惩罚,不是冷落他不用他,而是让他干他根本干不了的事情。更可怕的是,他自己还不知道!

故事提供者:彭聚宝(互联网金融业者)

讲述背景:读初三的女儿不断地在学校的社团间跳来跳去,总希望自己能全方位地成为优胜者,独占鳌头。为此,她甚至不惜手段,不惜代价。这引起父亲深深的忧虑,由此引出这段年轻时的糗事。